點子出版
IDEA PUBLICATION

　　有人說年輕的一代唾棄文字，這不是無跡可尋。近幾年間 Facebook 的熱潮減退，變成圖片主導、文字作副的 Instagram 逐漸取代其地位，更年青的一群甚至連這兩種社交媒體都不用，只用 Snapchat 或抖音這些幾乎不用任何文字作社交橋樑的社交軟件，所以我亦開始懷疑中學生作文可以用 Emoji。

　　莫說是寫字，這個年代的人們仿佛再沒有時間在看以文字表達的故事，大家可能只有幾秒鐘揮霍在 IG Story。書本再好看，也難免被社交媒體或網絡電視搶去人們工餘的光陰，就算強大如 Netflix，也表明害怕《Fortnite》在爭奪觀眾的睡眠時間。作家或文字媒體，不知不覺地進入了這個戰場，也不知不覺地成為了戰場上的炮灰。

　　在這時勢底下，我還有機會生存到第八個年頭，實在感激出版社與各位讀者，你們接受我之餘，現在也接受我推出這樣一本非常自我中心的散文集，你們無論對我的道理認同與否，我都會認同這些散文會是對這個年代、這個社會的見證。

向西村上春樹

目錄
CONTENTS

西角度

我姨媽是某弱智人士宿舍的負責人，有次她問我有否興趣做義工，內容是教導宿友作一些簡單的天才表演，或以小組形式教授他們一些生活技能，我答應了，我決定教他們用抖音。姨媽問我甚麼是抖音，我反問她，你竟然不知道？只有弱智才用的啊。

做義工當日，姨媽選了七至八個擁有智能電話的宿友到我的小組當我的學生，我跟他們打招呼後，便拿著他們的電話，逐一下載抖音。我不是第一次到這裏當義工了，我明白跟他們說明一些事情時，一定要越簡單越好，所以我告訴他們，這個手機應用程式，就是讓你們可以跟其他像你們一樣的朋友，一起幹著很開心、很有趣的事情。「哈哈！好呀！」我小組的一位中年同學似乎明白了，興奮得拿著電話一手拍落枱，我溫柔的叮囑他，小心你電話呀，電話壞了就沒抖音玩了。

我幫他們輸入了一些最受歡迎也最適合他們看的Hashtag，例如經典的「手指舞」，讓他們可以輕易找尋「手指舞」的影片來看。有幾個同學看得很興奮，不斷大笑，然後舉起手指，伸下屈下，跟著片中人相繼模仿，我也教他們

互相舉起手機，為對方拍下「手指舞」短片，然後上載到抖音。幾分鐘後，我忍不住叫了起來，陳同學你看，你有Followers了！他問我甚麼是Followers，我答Followers即是跟隨者，代表你做甚麼，就會有更多更弱智的Followers會跟你做甚麼。他拍手叫好。

有個同學比較聰穎，他竟自己下載了「吃水果」的小遊戲Filter，他模仿其他抖音玩家，用自拍鏡頭拍著自己，然後在畫面中，用自己的嘴巴吞噬彈出來的卡通水果，每咬一口得一分，不過他連番失手，似乎不太高興，竟惱得把電話放進了嘴巴，想把它整個吞下來取分。我沒有制止，某程度上來說，他比其他玩抖音的人更加Think outside the box，那些用家只懂模仿，模仿，與模仿，而我的學生則不同，他為了真的想吃水果而想盡了辦法。好吧，他快窒息了，我幫忙把電話從他喉嚨裏拿出來。

智障的人喜歡模仿與學習，可惜礙於理解能力低，做到或表達到的事有限，自然不能對生活上所有事提起興趣。但抖音裏的影片，根本沒有內涵與意義可言，完全不用任何智力去消化，只需要有誇張的肢體動作、豐富的表情、搶眼的

特效，再加上「你做我又一起做」的模仿氣氛，智障人士就會極容易投入其中。幾個小時裏面，我的學生們不斷看抖音裏的變裝片、跳舞片、唱唱《學貓叫》，全部人都玩得手舞足蹈，抖音活脫脫就是一群弱智人士的社交天堂。

而我亦是個非常稱職的義工，活動過後，我仍打算上抖音看看學生的近況，但可惜我忘記了他們的用戶名，而且上面個個都是弱智，我根本無法找到他們。

　　黑絲是一樣不可思議而且矛盾的東西，明明女人把它穿上了，會遮著雙腿，但反而很多男人更覺得這樣性感誘人。但這又不是沒有原因的，半透明的黑色，可以顯瘦、遮瑕、令若隱若現的皮膚看似更順滑；緊緻貼身的剪裁，可收緊雙腿肌肉，凸顯線條。黑絲這回事，穿了它比起裸露著雙腿，更令男人著魔，是一種 More is less，我跟很多男人一樣，對黑絲是沒有抵抗力。

　　曾經有一個女性朋友，打算買一架全新的 Mini Cooper，更考慮找車房改裝車身。她問我車身有甚麼顏色吸引又獨特，我說黑色車周圍都是，但肯定沒有車是黑絲的顏色。我曾經在街上見過一架紫紅色全絨面的 Bentley，便知道車身的材質是有無限可能性，所以有錢的話，不如先找車房在車身噴上肉膚色，然後再全車鋪上光滑秀麗的黑絲尼龍物料，莫講話架車靚咗又搶眼，我可能直頭會對你架車有性衝動。

　　她面有難色，好像我污辱了她的愛驅一樣。我說請不要誤會，我沒有針對你的新車。有時候，我也會幻想建築物的外牆如果鋪上了黑絲會怎樣。政府總部兩座大樓猶如一雙腿，頂樓連貫著的部分似條腰；至於戲曲中心的正門，應該

不用我多介紹，無論怎樣看，那曲線設計明顯是參考女性的臀部與大腿。而且別忘了這兩幢政府建築物，一個別名是「門常開」，一個花名叫「私處中心」，真係咸濕少少聽到都扯旗。對我來說，能夠為政府總部及西九戲曲中心的外牆穿上巨型黑絲，然後進入去，是我的心願。

她聽得面容扭曲，更用雙手掩著耳，不聽我的解釋，我強行拉低她一雙玉手，迫她聽我說下去。其實你著黑絲都好靚！我好鍾意你著黑絲！我對著她說。

先前兩段起首，我說曾經有一個女性朋友，我說得沒錯，因為她不再是我的朋友了。而我沒有後悔，愛黑絲的態度應該要勇敢地說出來。

< 3° 閨蜜

　　近幾年無論中港台嘅女人都好推崇「閨蜜」呢個概念——雜誌會教女人分清真假閨蜜，Content Farm 會告訴你十五條閨蜜的守則。

　　閨蜜呢個詞彙真係特別嘔心，真男人好少會標籤住幾個特別感情好嘅朋友，就算明知對方係好兄弟，通常放在心中就夠。

　　但女人係複雜好多，佢哋覺得所謂嘅好朋友，係要再仔細咁分等級層次，要喺小圈子裏面再搞小圈子，所以係女人先鍾意指名道姓阿邊個邊個先係閨蜜，佢哋會自拍再 Hashtag 埋，驚死全世界唔知自己同邊啲人建立嘅友誼係特別矜貴，呢啲女人無打算想放圈子外嘅人在眼內。

　　奈何最好笑係呢類嘅閨蜜圈子，感情亦係最薄弱，因為本身鍾意搞小圈子嘅人，就係最鍾意挑剔、最鍾意標籤、最包容唔到人嘅人。所以當圈中發生一啲是非，閨蜜之間又各自有自己嘅閨蜜嘅時候，好快就會變成幾個八婆互揭瘡疤嘅局面。

　　有無詞彙嘔心過閨蜜？有，我見過，就係佢哋竟然將呢樣嘢侵埋男人玩，發明「男閨蜜」呢樣嘢。女人會覺得同男性朋友單純嘅友誼係存在的，可以係非常親密嘅關係但又未去到曖昧而且可發展嘅程度，女人會幻想自己可以安心地同一啲英俊嘅「男閨蜜」，喺自己間閨房中漫談感情生活，抱歉，可能我份人比較猥瑣，我只幻想到一群渴望趁女性朋友唔喺房嗰時，可以拉開櫃桶拎起晒啲胸圍底褲狂索嘅連登仔。

記得 2018 年中，有年輕男生蒲吧後跟美容師兩度性交，事後遭人勒索六萬元，男子拒絕付款後，其車遭人淋上紅油，美容師更反屈遭該男子強姦。

如果不是女方蠢到淋人紅油，證據確鑿，其實口同鼻拗嘅情況下，該男子隨時會含屈入獄。在女權當代、#MeToo 狂潮之下，男性比女性更應該自保，一份數碼化的「自願做愛聲明書」，非常適合香港男士需要。

有荷蘭公司利用 Bitcoin 區塊鏈技術製作了一款名為「LegalFling」的手機應用程式，讓準備進行性行為的男女雙方，於各自的手機上事前聲明確認，使用時，其中一方需在手機的聯絡人中選擇性交對象（小心不要按錯），然後向對方發出邀請，雙方更可在列表中選擇是否同意進行某類性行為，如使用避孕套、綁縛與性調教、拍攝照片或影片等，當雙方同意後，該程式就可視作具約束力的法律證據。

但可惜此程式被 App Store 及 Google Play 下架後遲遲還未重新上架，還有女律師竟聲稱就算事前同意也可能沒有法律效力，因為性行為進行途中，女方一樣可以拒絕，如果

男方繼續，則算強姦，而明顯此程式卻未能保障女方於中途停止做愛的權益。

這樣一說就麻煩了，男人在香港做愛，可能比打劫更危險。男士要完美地保障自己，每次做愛前，建議先帶同伴侶親身到各區的民政事務處，作私人用途的聲明和宣誓。宣誓後，亦要到醫院，進行藥檢及酒精測試，證明女方沒有被藥物或酒精影響判斷力。

完成這兩個步驟後，就算在性行為進行期間，亦需要以攝錄機拍下整個過程，證明途中整個過程都尊重女方意願。但因錄影片段有可能經過修改，法庭有時未必接納，因此，性交過程中如果有律師見證，有甚麼拗撬時，舉證效果更佳。

當性交完成後，其實還有手續跟進，女方可能會套用弗洛伊德的理論，指出人的意識組成就像一座冰山，露出水面的小部分是意識，隱藏在水下的絕大部分是潛意識，會對人的性格和行為施加壓力和影響，所以她可能會說她的肉身雖然表面上說可以，但你卻強姦了她的潛意識。故此，做愛翌日，男士最好把她帶到精神科醫生或臨床心理學家作出即時

診斷。

　　看到這裡，可能你會說：「好可怕，以後唔扑嘢了」，但斬腳趾其實也避不了沙蟲。上述淋紅油事件同年，又有另一宗類似案件，女建築師聲稱遭男上司性騷擾及非禮，事主聲稱被告在其抱恙時傳短訊問「Are you doing OK?」是不適當行為，而且男上司連續兩年以短訊祝賀女建築師生日快樂，令女方飽受滋擾，於是女方向平機會投訴男方性騷擾，向男方及公司索償四十一萬元，雖然女方最後敗訴，但男上司受到官非的長期精神滋擾和心理壓力，隨時比賠錢了事更慘。

　　所以在香港，你不找女人，女權也會找上你。

< 5° 癌細胞

　　《Apex Legends》這款於 2019 年 2 月推出的「食雞」遊戲，平地一聲雷，莫說上線人數很快已超越熱潮減退的《PUBG》，甫推出時更只用七十二小時便達到了一千萬會員登記，比《Fortnite》還快。

　　幾個最賺錢的外國實況主紛紛轉會，在 Twitch 上只直播《Apex Legends》，令遊戲氣勢更一時無兩，推出未滿一個月，會員人數已突破五千萬，EA 的股價曾經從 1 月低位的八十美元抽升至一百美元以上。

　　遊戲質素之高也令我沉迷其中，以同類第一身射擊食雞遊戲去比較，它比《PUBG》節奏明快，比《Fortnite》易學，其中更革命性加入 Ping System（簡訊系統），你可以以極清楚而方便的方式在版圖上告知同隊的隊友你想去的目的地，並提示他們敵人的位置，基本上不用麥克風對話溝通也可以發揮到出色的團隊合作。

　　有人說中國人是地球的癌細胞，本身我對這句話不予置評，但我現在告訴你這遊戲在推出後第一個月的演變。

　　我從第一天開始便在 PC 平台上玩《Apex Legends》，頭一星期，我不斷驚嘆如此高質而且免費的遊戲實屬難得清泉（而且竟是由萬惡的 EA 出品），直至第七、八天，我跟隊友發現了一個使用 Aimbot（自動瞄準器）外掛程式的中國籍敵人，對遊戲認識不深的讀者可能不知道甚麼是外掛，簡單來說就是作弊。

　　為何我會肯定他使用外掛？因為遊戲在你死亡後，你可以選擇觀察擊殺你的敵人如何繼續玩，我清楚看到他無論使用甚麼武器，都可以精準地擊中二百米外的敵人，而且準星可永遠 100% 地貼著敵人頭部來移動。

　　至於為何我知道他是中國籍呢？因為敵人的用戶名稱是以「WG」兩字起首，後面有一連串像電話號碼的數字。「WG」其實是外掛（Wài Guà）的國語拼音，後面就是他的 QQ 號碼，這個敵人除了進來玩耍之外，主要是賣廣告，希望其他玩家看到他使用外掛，然後加他 QQ 買他售賣的外掛程式。

　　這類型的遊戲有外掛不足為奇，但通常會是個別事件，

開發商也會積極打擊，回收並把有問題的帳號封鎖掉。接下來的幾天，我也繼續發現到外掛，但通常十局只會有一局有外掛出現，未足以嚴重影響遊戲體驗。

但再過幾天，情況已開始失控，外掛除了有自動瞄準外，還能隔牆偵測敵人的位置，死剩的兩、三隊（遊戲是三人為一隊，二十隊共六十人在版圖上廝殺），往往全部都是用外掛的中國玩家，而通常每局已變成外掛程式之間的決鬥。

遊戲推出後的第三星期，日本、韓國、香港伺服器已相繼被這些中國外掛玩家侵佔了。有不少香港玩家嘗試轉移到遠一點的新加坡伺服器，但還是只能多捱幾天而已。亞洲眾多伺服器相繼淪陷的消息，已成為外國討論區 Reddit 的熱話。

外國人不明白中國人為何要如此玩遊戲，作弊的樂趣究竟從何來？有些指自己熟識中國文化的會員留言，說不擇手段也要贏就是中國的文化，也有不少人說中國人不會自律，而且不知廉恥。「不知廉恥」，這句說話我覺得形容得最精

準，因為最喜歡在街上大小二便的民族，你不能期望他們在
家中不需表露身份時打機時，會可以很文明。

有人強烈要求開發商，封鎖中國的所有 IP，而且希望歐
美各個伺服器能限制玩家的網絡速度，令就算翻牆的中國玩
家也因為網速所限，未能進入歐美伺服器，但廠商還是未有
這樣做。成龍說中國人是要管的，這句話是成龍平生說過最
正確的一句話。

以上這些討論已經算很理性，其實當中更有大量種族歧
視的言論，無論是白人、黑人，他們已有共同的敵人。毒 L
果然是最恐怖，華為盜竊美國公司的商業機密及知識產權，
他們也未必有如此激動反應。

執筆時，大約是遊戲推出後一個月，PC 平台上，亞洲
各個伺服器仿佛是癌症末期，六十人開始遊戲，大約有三十
個人是外掛推銷員，一進遊戲，播完普通話語音廣告，推銷
完自己的外掛系統後，便退出遊戲。繼續遊戲的三十人，大
約有二十幾個使用外掛，剩餘那幾個普通玩家，連武器也還
未拾好便已死了，因為外掛已發展到有加速器，角色的移動

速度約是原先的五至十倍。那幾個誠實玩家死後，剩下的遊戲已變成「神仙大戰」，十數個飛快的角色不斷自動瞄頭互相殺戮。

外掛玩家何時會消失？待這遊戲完全無人玩後，他們就會消失。人死了，癌細胞才能死。

　　而家十幾廿歲嘅青年人,基本上識用 Facebook / Instagram / Snapchat 嗰刻就識得上網媾女。未 PM 對方之前,就已經可以將對方外表睇得清清楚楚,相又有,片又有,唔單止外表,甚至乎連對方日常生活行為都有一定掌握。你哋好幸運,可以上網擇偶。

　　而我哋呢啲八十後,偏偏要經歷可以透過互聯網媾女,但科技又未完全成熟嘅黑暗歲月。畀你透過 Chatroom / ICQ / MSN 識到女,啱傾,咁又點?大家連數碼相機都無部,手機最勁嘅 Function 就係玩貪食蛇,所以睇唔到對方個樣,唔可以叫擇偶,只能叫求偶,每一次出嚟約女見面,都係一次賭博,賭注就係一直以嚟對對方嘅幻想。

　　你哋而家有得玩 Tinder,我哋嗰陣都有得玩,不過就係要出嚟玩,當年有同學試過喺鴨脷洲專登坐車入元朗同個 Chatroom 識嘅女會面,最後佢有見面,不過係我同學見到條女一面,但係條女從來見唔到我同學,我同學仲要即刻熄 X 埋電話,冇仇報。你哋用電話玩 Tinder 只需 0.3 秒就可以向右掃走條女,我同學一來一回用咗三個鐘。

我本人就未試過咁仆街，最差嗰次，都留咗五分鐘，仲請咗個肥婆飲思樂冰。

未見過人個樣就出街，可能你哋啲後生覺得好傻，其實當年再傻啲都有。以前打 Online Game，有啲 Game 係有結婚系統，大把人連對方把聲都未聽過，就信對方係女人，喺 Game 裏面談情說愛，玩到山盟海誓，卒之喺 Game 裏面結埋婚，仲拎啲勁稀有嘅遊戲道具送埋畀個女人拎嚟做定情信物。

我就無咁玩過，但我表哥就結過好多次婚，但係佢係做老婆，而且係無數咁多次，如果喺遊戲世界重婚都係犯法，佢應該要打靶。

每次佢俾佢啲老公求佢出街，出嚟見下面，佢都會溫柔地拒絕佢哋，但煩到一個地步嗰陣，佢就會用一把如假包換嘅雄性聲線，打電話畀對方，好無賴咁講個真相畀對方知，佢曾經嚇到幾個細蚊仔喊晒出嚟。

「嗚嗚嗚……我要講畀屋企人知，我要報警……」

「你咪報囉，你同阿 Sir 講你娶咗個男人呀，睇下佢理唔理你？」

以上係真實對白。

當年啲細蚊仔依家都應該有三十歲了，希望童年陰影無影響到佢哋對結婚嘅價值觀。

好多投身保險行列嘅朋友，細個比你更憎返學，但佢哋而家會不斷出席唔同嘅座談會，仲會 Upload 相上 Facebook，同大家講佢哋好鍾意上堂，仲會話呢個 Seminar 好正；飲酒食煙最勁嗰批，突然會同你講大腸癌好危險，你睇咗十幾年嘅嗰個家庭醫生都無咁關心你，你開始覺得啲醫生反而無乜人性。

返保險比起返教會，我覺得更加導人向善。每次諗起喺麥當勞裏面，一手拎住厚厚 Proposal 嘅經紀，我會覺得佢哋係拎住聖經嘅傳教士。無錯，信 Jesus，不如信 AIA。

「感謝朋友的信任，
可以讓我積極幫助別人。
我會是你們的守護天使！」

呢類型每朝定期更新嘅正能量 Facebook Status，只要身邊有人做保險，都一定見過，香港其他各行各業嘅在職人士唔肯出呢類 Post，係對生活缺少咗一份熱誠：

豬肉佬：

「*熱愛劏豬，每一下刀功也是來自客戶對我的信任。*」

黑社會：

「*從不知道自己是這樣喜歡收陀地，我天生就是夜場的守護天使。*」

喃嘸師傅：

「*我不破地獄，誰破地獄，我熱愛幫助別人，更愛幫助鬼魂。*」

　　保險界人士嗰一種勤奮同上進仿佛係無法隱藏，特別鍾意公諸於世，或者係想感染別人。

　　「*天生就是愛努力，*
　　就算為客戶通宵工作也是值得的。」

　　見過有人好嘴賤，留言同呢啲保險佬講：「天生努力？你讀書係努力就唔使做保險啦。」你都黐線，讀書呢啲嘢好自私，只係為自己前途著想，佢就係無私，細個夢想係大個

咗想做保險，所以專登唔讀書，唔同你去競爭。我留言反駁。

　　半分鐘後，我電話響起，呢位保險朋友見到我留言，於是打畀我，話多謝我認同佢，兩秒後未夠即刻轉換話題，話可以幫手整合我嘅強積金戶口。你睇下，佢幾 X 勤力。

很少認同天主教的觀點，但我同意「暴食」是一宗罪。暴食的人可能會把面前的食物吃完，但你吃下比正常人需求多出幾倍的食物，就等於浪費。地球上有八億人口每天都不夠三餐溫飽以維持健康的日常生活，你浪費掉本來可以讓挨餓的人果腹的食物，而且讓食物的價格需求不必要地上升，就是一種罪。

暴食，跟傲慢、貪婪、色慾、嫉妒、憤怒及怠惰其他六種罪來比較，是較容易自制，沒有人叫你完全不吃，只是你不應過量地吃，但偏偏很多人以暴食為榮，以犯這罪行為樂。

YouTube 上的大胃王影片大受歡迎，暴食被正面宣傳，是世界文明的大倒退。有人十分鐘內食十碗撈麵，有人吃掉八個巨型 Pizza，有人吞下一整盤比麻雀枱還大的韓式芝士炸雞，這些不是網絡世界上的冰山一角或獵奇片段，他們全都是擁有過百萬訂閱的 YouTuber 們。

從來不明白這些影片有甚麼好看，大食根本不是一種才能，貪食才是你的缺陷。不幸的是這些人受到廣告商青睞，暴飲暴食成為他們的正職，別人無錢食飯，這些人卻收錢去

表演浪費食物，在鏡頭前不知廉恥地犯罪。

與其直播他們吃東西，我情願用內窺鏡欣賞他們胃壁的潰瘍和十二指腸的瘜肉。貪食一定不健康，不健康就要就醫，我肯定，大胃王生時浪費食物，死時浪費醫療資源。

香港的 YouTube 質素如何，見仁見智，但最受歡迎的一群，至少在我印象中沒有人樂於表演做大胃王，我感激他們沒有為香港人作孽，這算是香港人的福氣，阿彌陀佛。

< 9° 鼻鼾

我想懺悔一件事，我曾經因為一個在其他人眼中非常離譜嘅理由選擇分手……就係因為女朋友喺床上發出嘅聲音太大，可惜，啲聲並唔係叫床聲，而係鼻鼾聲。

愛情散文成日話愛情係犧牲，係包容，亦都係妥協，是但啦，我唔知呢幾樣嘢有咩分別，但我覺得我自己咩都做齊，但奈何我生理結構上的確無法忍受到佢嘅鼻鼾聲。

經常有人形容人哋嘅鼻鼾聲係嘈過隻豬，我都好希望我當時個女朋友嘅鼻鼾聲只係似豬叫聲咁可愛溫和，不幸地，佢由半夜一熟睡嗰刻開始發出嘅聲，我覺得直程唔係生物可以發出到，而且係有莫名其妙嘅機械感，如果要形容嘅話，我會話係似電鑽聲。

我係一個極度醒瞓嘅人，絲微嘅聲音已經令我輾轉反側，稍為大聲嘅噪音可以令我立刻驚醒，好處係女人同我瞓係好有安全感，唔怕有賊入屋，壞處就係，佢個電鑽一響，我基本上係完全瞓唔到。每次強行用力瞇埋雙眼強迫自己入睡，只係換來更加留心聽住佢一下又一下嘅電鑽聲，有時啲電鑽聲似鑽木，有時似鑽不鏽鋼，有時似鑽雲石，有時我望

望床頭個電話，原來半夜四點鐘，眼光光咗足足四、五個鐘頭係平常事。

呢個世界上無人會好似我咁欣賞佢睡眼惺忪起身嘅樣，唔係因為佢靚，而係佢起身，就代表佢肯定唔會有鼻鼾聲，佢刷牙洗面沖涼化妝嘅時間，即使只係一個鐘頭，都係我最珍惜嘅寶貴睡眠時間。

我唔係無試過抵抗嗰啲聲音，但戴耳塞唔舒適，我一樣醒瞓；搵多一個枕頭責住自己隻耳，一樣無用，用得耐我會覺得個枕頭會將我焗死，或者有一晚我嬲嬲地會拎嚟焗死佢。

抵抗唔到，我會選擇擁抱，我嘗試跟住佢嘅呼吸節奏吸氣噴氣，效果算係好少少，但係我一瞓著，就跟唔到個Beat，好快又係醒。我試過自暴自棄，直接跟埋佢一齊出聲，一齊鑽到好似裝修咁款，無用，間房只會成為地獄交響曲嘅演奏廳。

小姐，如果今晚一識到你，我就同你瞓，唔代表我係一

個壞人，我只係想聽下你有無鼻鼾聲，睇下有無機會同你認真發展落去，因為我對感情係好認真。

　　以上係我飲完酒帶女返去瞓嘅標準台詞，太靚仔唔需要用，太樣衰都唔建議用。

強姦非禮這些性罪行，我起碼理解犯案者的心態（當然本人未做過而且絕對反對），因為強姦非禮對他們而言，是一種親身的感官刺激體驗，甚至能即時解決性慾。但至於偷拍裙底這回事，在性罪行之中卻是最令人費解的。

裙下春光，作為男人，我不敢說不好看，可是替代品太多，隨便上網找找，幾咸幾高清的片也有，名人素人任君選擇，犯案者為何仍要對面前那個路人胯下的構圖如此拘泥執著呢？

其次，邊行邊走的相片根本不好拍，郁動中的大腿，加上被裙腳遮著的光線，「鬆郁矇」的機會極大，就算是夏永康操刀，我也覺得他不會有信心可以拍出美感。而且一直跟在背後的色狼，還要承受主角正面其實是豬西的風險。

我認識一個 CID，行咇時拘捕的偷拍狂不計其數，他試過口痕問一個疑犯點解咁變態要偷拍人，疑犯告訴他，他希望「將佢（受害人）據為己有」。

這答案看似玄妙，但的確這種據為己有的感情，是很容

易蓋過了理智，而且這不是色狼的專利。半場演唱會不辭勞苦拿著手機打直拍攝表演者的，大有人在，明明知道拍出來的聲畫質素慘不忍睹，仍要堅持舉高雙手、遮著後排座位觀眾的視線一直拍。

　　煙花匯演更可笑，無論是遊客或本地人，都一樣有人從由頭拍到尾，但你試認真想想，這個世界上，是否真的會有人希望看煙花的錄影片段？甚至乎拍攝者也根本不會重看。

　　偷拍的色狼如果因為失去理智，而被稱為變態，其實很多光明正大地拍的常人又何嘗不是。

有一種味道，叫沉船嘅味道。

大陸做邪骨場嘅技師，好多收入唔錯，平均都搵三、四皮一個月，雖然搵得多，但佢哋都唔捨得部買貴電話，或者根本無需要買，因為全部技師背後都有至少有一個沉船客會送電話畀佢。

早幾年未有 Apple Store，如果你想慢慢試部新嘅iPhone，新機首發頭一、兩日上深圳揼骨問啲技師借嚟玩下，仲好過你去百老匯同豐澤。i-Banker、律師、飛機師，佢哋換新電話嘅頻率，都唔夠邪骨技師嚟，呢啲係連 Steve Jobs同 Tim Cook 都無嘅銷售數據，呢啲叫經驗之談。

沉船嘅港豬實在太多，佢哋幻想送部電話就有真愛，諗住部新機一出，真金白銀畀完錢，山長水遠走私部機上嚟，就可以打動到條女，以為啲女會拎自己送嘅機嚟同自己傳情。

但諷刺嘅係其實佢哋送嘅機，大陸妹上鐘嗰陣會拎埋入房，仲一路幫人打飛機一路玩部新電話，連埋炒價成萬蚊送

部機畀人，點知最後搞到成部機都係油，甚至仲有少少其他男人嘅精。

再下星期，當沉船嗰位師兄再上深圳，好體貼咁問條女部機好唔好用、慣唔慣嗰陣，只要佢將部機拎上手聞一聞，索一索，當佢感受到油油地、腥腥地嘅味道，呢種，就係沉船嘅味道。

　　本人翻查超過五十條大陸人於香港公眾場所屙屎的影片，不論男女老幼，只要是由他們屙出的大便，都全是糊狀爛屎，常識告訴我們，要不是忍受過一輪山雨欲來的腹痛，一般人是屙不出那一種緊急的屎來。所以大陸人在街上要屙，我同情他們，我知道那是迫不得已。

　　港人常說大陸人喜歡周街屙屎，這樣說根本不公道，因為要把這行為稱為「喜歡」，至少要一些條件證明他們享受這種行為，但是，我暫時未曾聽說過他們會在街上眾目睽睽下「嘆屎」，甚麼是嘆屎？即是拎住份報紙，擔住支煙，悠然自得，屙唔到無所謂，屙到當然好，這一種非緊急情況。如果有大陸人把褲除下，被港人拿著手機一直在遠處拍了十多分鐘，還未拉出一條，我們見證過他們嘆屎，才有資格說他們「喜歡」周街屙屎。

　　雖然大陸人不喜歡，是迫不得已，但無可否認，他們頻繁的隨處大便情況，是值得港人關心他們的健康問題，我們有充分理由相信極多大陸人長期染有可引致嚴重腹瀉的沙門氏菌或諾沃克病毒等病原體。

　　所以我建議大陸人來港時，應參考從內地進口犬隻的措施，即是入境前要接受四個月的隔離檢疫。這不是歧視，而是為了大陸人的健康著想，來港後遇上水土不服，病情可隨時惡化，此舉也可同時減少因他們屙屎而產生的中港磨擦。

　　隔離檢疫四個月太長？不長。我情願不見天日四個月，也不願眾目睽睽下屙四秒屎。

‹ 13° 賭徒

　　我喜歡賭錢，但肯定是屬於理智的一群，為娛樂，亦想贏錢，但從不寄望真的會贏錢。人越大，見證越多人因為沉迷賭博而妻離子散，家破人亡，而我亦留意到通常泥足深陷的不外乎兩種人。

　　蠢人，而且是蠢得來以為自己好醒的人。這類人不講究基本數學理論，卻沉迷鑽研或發掘一些自以為可行的必勝法。以百家樂為例，無數賭仔葬身於澳門賭枱上，他們不理解賭客長賭必輸的莊家優勢，卻以為自己可根據賭場提供的各式路紙，參透箇中模式，洞悉贏錢大法。

　　澳門賭場一般用八副牌來派牌，牌數太多，更會 Cut 牌，部分牌不派直接丟棄，每鋪牌基本上是獨立事件。當前面開出的結果不影響後面的時候，路紙的唯一作用，只不過是令賭仔錯覺以為有路可跟，而且還有不同形式的珠仔路、大路、大眼仔等路紙令人花多眼亂，它們的出現只不過是為了鼓勵你去投注，但九成九的賭客不明這個道理。

　　坊間間中都有新聞說甚麼職業的百家樂團隊、賽馬方程式專家，曾經贏大錢，再被賭場禁足。我不敢說這些故事的

真偽，但請撫心自問，你是否這些精算專家？而且很有可能世界上其實有無數所謂的職業團隊，但一百隊裏面，只有一隊名就利就，能夠上報紙，而其他九十九隊去了哪裏，大家心知肚明。如果我有一百隻猩猩，我教懂牠們賭百家樂，我深信如果我派所有猩猩去澳門，其實總有一、兩隻可以贏可觀的收入回來，而我就擁有世界上唯一一頭精通百家樂的賭神猩猩。

百家樂害人，但足球投注比起百家樂，更加害慘懶醒的一群。香港大把人踢過下波，裝晒電視台，英超歐聯場場睇，就當正自己是戰術大師或球賽專家，就算你唔係，身邊總有一個係。但是這類人更被足球知識所迷惑，永遠不明白自己敵不過賠率，敵不過莊家優勢。

不在這裏詳談那些足球貼士的 Facebook 專頁了，2019年還信這種東西的人，應該不算懶醒，直頭弱智。

「輸錢皆因贏錢起」是老生常談，但的確，贏過大錢的，通常是另一種最易泥足深陷的人。賭錢最可怕的是直接影響到你對錢的價值觀，當你一鋪百家樂或一場波贏回來的錢，

多過你一個月月薪，你開始否定你工作與勞動的價值，每星期工作五十小時，一個月辛勞足四、五個星期，你不禁反問自己，一鋪牌可能只是半分鐘的上落，已經能夠獲得一個月的回報，工作的目的究竟何在？這種想法是最萬劫不復。

當有一個月手風順，贏錢的時候，有這種思想是很難避免，但贏完倒輸，輸到債台高築的環境下，一樣會有同一種想法，當你欠人五十萬時，你不希望努力打兩、三年工還債，因為你贏過，風光過，幾萬蚊推一口，一晚之間推十幾鋪，追返五十萬，對你來說，雖然是幻想，但你也曾經贏過，所以你認為不是不可能的事。

幸運之神到頭來會站在哪方？我不知道，我只知道賠率的優勢永遠站在莊家那方。

世人往往發現某盤生意的老闆原來是年紀輕輕的二世祖，或是知道他的業務是由家族打本時，總是尖酸刻薄地批評這類人只是個懂父幹的成功人士，他能夠做生意，只是因為懂投胎，卻不是懂投資。

如果他在海外一流大學畢業，他的學歷就是買回來的；如果畢業後就找到職位好的工作，他就一定是靠關係的。

何超蓮不務正業，但搞慈善組織，是做騷、是有錢人貓哭老鼠的遊戲。

以上都是窮人仇富，仇到幾乎盲目程度的想法。

窮人希望有錢人跟自己一樣，只是讀普通官立津貼中學，考 DSE，報 JUPAS，上資助大學，拎 Grant Loan，爭政府工，爭唔到就出去市場上面周圍搶萬一蚊起薪的 Junior Post。

大家付出同等努力，世界才算公平，這種有錢人才值得被尊重。仇富就是會產生這種會傳染的窮思想，只想著把富

人拉下來，但卻不知道這根本毫無得著。

假如你跟 Juno 同屆大學畢業（只是舉例，他應該無讀過大學），畢業後找工作，他跟你說，他明天跟你一起 In 恆生銀行 10.5k 的 Teller 職位，想體驗下個社會，你真係會開心？覺得佢更加應該受到尊重？有得揀，我情願聽到他說，他爸知道 Juno 喜歡看戲，所以預備了些少資金，大約六千萬，讓他開間電影公司，當作是剛入行，實習一下。

好彩的話，Juno 見你係同學，佢會請你，拍住上。唔好彩的話，佢唔請你，但至少佢請出面的人，也叫做為社會創造就業機會。

不是每個二世祖也想做生意，如果有得揀，你們最好見到這些二世祖畢業後，靠著爸爸不知道在哪裏認識某個 Uncle 的關係，可以直接進入某大企業的中高層，因為如果他跟你在搶最下層的職位，你也一樣沒有勝算。

無所事事，得閒媾下女、玩下車，日日落老蘭飲到醉生夢死，使完錢，返屋企攤開雙手問爸爸拎錢的，你可以羨慕，

但不應敵視。他們這種有錢人停止了努力，對你這種窮人而言，都算是一種讓賽。

　　仇富很易，認真思考卻很難。憎恨別人有錢之前，要先考慮是否應該憎恨自己窮。

< 15° 能力

性能力往往是男生茶餘飯後的話題,但性能力沒有一個既定準則,有些人會用時間去衡量,吹噓自己可持續一小時,有些人會用次數去比較,誇獎自己一晚可完成三、四次,但無論點講,一切都只是紙上談兵,一堆朋友無論點熟都好,都唔會真係搵一個比賽場地去做一個比試。

對於性能力,本人反而有獨門見解。一個男人的伴侶,如果樣貌及身材是正常水準以上,做起上來,就像踢一場對手跟自己實力懸殊的順境波,得心應手是正常發揮,玩到曉飛都唔代表自己好勁。正如你把 Blake Lively 或杉原杏璃交給我二十四小時,我會窮一生的精力去將呢二十四小時活得精彩,你唔使驚我劫,你驚佢哋俾我玩到出煙好過。

但如果對手身型巨大,外表可怕,就是一場測試自己真正實力的逆境波,正常人唔好話踢得好唔好,根本直頭踢唔到。記得有個女同事,未大肚之前似百六磅,生完似二百磅,二百磅嗰陣無幾耐又再大肚,佢老公呢種,先係逆境求存嘅真男人,就算面前嘅困難係一個比一個巨大,仍然全無影響能力嘅發揮。

　　連登經常提及的著名香港女 YouTuber Cat Girl（唔識的話，自己 Search 下），她那個經常一起出鏡的男友，我可以肯定，他是其中一個擁有著最強性能力的男人，他的能力不能單以時間或次數去量化，他簡直就是突破了常人的界限，其 Super Power 幾乎可用來做英雄片題材。本港對上一個有著如此強大能力的男人，可能已是三十年前的鄭少秋。

　　若果有女讀者是性飢餓，我不建議你找吳彥祖、金城武那種典型的英俊男人來滿足自己，請考慮直接去搶 Cat Girl 的男友。

‹ 16° 狗帶

　　有次跟美籍同事到旺角見客，等的士離開時，在彌敦道看見一個女人跟自己三、四歲的兒子在我們身邊經過，同事皺著眉頭定眼望著他們，因為那個女人用了一條鮮艷奪目的紅色防走失帶牽著自己的小朋友，防走失帶約一米長，從大人的左手腕一直牽到小朋友的右手腕，其實用「牽」字有點不正確，用「綁」字會比較適合。

　　你覺得他像狗還是像囚犯？哈哈。我問我的同事，他好像不好意思回答，只是細細聲說：「這樣做……好像太誇張吧？」

　　我說，不誇張，這是港人的煩惱，很多人一邊憧憬大灣區的發展可讓粵港澳的人流、物流和金流便捷流通，但另一邊廂，卻擔心連人口販賣市場或器官市場都跟內地接軌，小朋友上午在旺角被內地專才拐走，中午便由中港車牌七人車經港珠澳大橋走私到珠海，夜晚小朋友被斬去四肢，第二天便可以開始在拱北起程，展開一帶一路的行乞黨生涯。

　　「如果要安全，其實用手拖著不可以嗎？」我同事問。如果拖著，就更不人道了，我說。其實對香港小朋友而言，

這種「狗帶」是一種很好的行為鍛鍊，自小開始，令他們明白民主自由的好處，但也令他們明白所謂的民主自由是有所謂的範圍，你走得遠了亂跑亂跳，就大力扯你回來，你不聽話，就把狗帶較到最短，方便立刻掌你嘴。

新華社早一、兩年發表了一則名為《進步的中國式民主令西方黯然失色》的評論，文中大讚中國體制，有別於西方政治，因為外國無盡的政黨鬥爭，過分的言論自由，這些西方民主的特徵，無不拖慢了社會及經濟發展，也導致社會分裂。無論中國或香港很多家長都清楚明白，這狗帶可以令小朋友熟習這樣優勝的中國式民主，所以這評論出了，淘寶上的狗帶，無論正版或翻版也更好賣了。

你們這些鬼佬不會用狗帶來綁人嗎？明明我一早就看見過，我說。同事假笑一聲，說我在亂說。我用手機一邊打開 Pornhub 網站，一邊說，你看，這些狗帶你們鬼佬通常拿來在床上 SM 用，只不過我們中國人就喜歡用來育兒罷了。

　　本人最喜歡的藝術家是桂正和,嚴格來說,他是漫畫家,但他畫女生屁股時,無論是半遮掩著屁股的泳衣或裙子的質感,甚至是內褲皺摺的紋理,都能夠完美的重現,而且他的構圖視角豐富,脂肪與其陰影的立體感表達,更是無出其右。在他筆下,每一格擁有屁股的分鏡,都是巧奪天工的藝術品。

　　小六時,同學拿著鉛筆試著畫龍珠裏的角色,我不屑一顧,然後我會偷偷回家打開《DNA²》和《I"s》的單行本,模仿著桂正和老師的筆觸,描繪出葵加玲或葦月伊織等角色,但通常我畫的不是她們的容貌,而是她們的屁股。

　　那段日子令年少的我開始懷疑人生,令我明白天分的重要性。我沒想過屁股是這樣難畫,無論我怎樣畫,怎樣試,線條都不流暢,脂肪比例都不夠真實,這令我更珍惜和欣賞桂正和老師,而且對他更有著一種敬仰般的妒忌,因為我知道世界上只有他可以在夜深人靜時偷偷畫下無數個完美屁股去給自己尋找慰藉。

　　聖經說上帝照著自己的形象造人,我不相信,我比較信

是上帝看過桂正和的漫畫，才知道怎樣造女人的屁股。

　　說起上來有點於心有愧，桂正和畫出這些藝術品來滿足男士的幻想，我卻走去寫咩林鄭呀、689 個女呀，那些甜故去殘害讀者的眼睛和腦袋，我肯定我有著非常嚴重和不可救治的反社會人格。

台灣跟大陸的女生都比香港好，我覺得是一種隔籬飯香的感覺，而所謂的隔籬飯香，是一種典型的倖存者偏差（Survivorship Bias）。倖存者偏差的意思是指我們對一些數據只關注了某種篩選過程後的結果，而忽略了篩選過程的邏輯謬誤。

二戰大戰時期，美軍向德國進行了戰略性轟炸，由於德軍防空力量強大，美軍損失慘重。美國國防部找來了大學教授，研究戰鬥機的受損情況，以便對飛機做出改善。他們分析返程的飛機，統計戰機各處的中彈數目後，發現機翼是最容易被擊中的位置，而機尾則是最少被擊中的位置，因此軍方認為應加強機翼的裝甲厚度。

可是大學的統計學教授反對，他的理由很簡單，就是此次分析只統計平安返回的飛機，沒統計回不來的飛機。其實很多機尾被擊中的飛機，根本直接墜毀了，自然沒有被統計了。最後美軍採取了統計學教授的方案，加強機尾的厚度。

「倖存者偏差」使人們很容易看到日常生活中成功的例子，蒙蔽了失敗的例子。情況就好像大家的 Instagram，除了

Follow 自己的朋友外，只會挑選穿三點式次數比著長褲還多的台灣模特兒來偷偷 Follow；微信平常不會用，用的時候，只會把頭像疑似漂亮的大陸妹加做朋友；你只會留意娛樂版上迪麗熱巴、楊冪，還有雞扒妹的大特寫，而富士康血汗工廠的女工專訪你是一眼也不會看。

當一個男人沒有於當地生活過，就算去過當地，也是去夜場多過商場，接觸不到平凡的素人，自然以為除了香港以外，處處是天堂。

別人常說港女胸細，而台灣妹跟大陸妹則有身材得多，我不敢完全茍同，因為衣著風格亦可產生嚴重的錯覺。台灣跟大陸的女人肯 Show Off 自己的本錢，炫耀自己的賣點，大波的，就算街邊賣胡椒餅，也會穿低胸裝，她們明白穿得密實，反而暴殄天物。

反觀香港女人，就算有身材都好，很多都不肯穿得少，因為怕了三姑六婆的閒言閒語，也怕了平胸朋輩的妒忌目光。她們覺得領口位開得低了，就等於走光，背心露了半吋波罅，就是淫蕩。

結果港女若要穿得性感，總要找冠冕堂皇的理由或藉口，她們不肯直接承認性感可以表達到女性美態，反而特別喜歡使用「健康性感」這虛偽的名詞。

性感就是性感，著得少一點就是著得少一點，為何要分健康與不健康呢？要分又可以怎樣分呢，如果露北半球就代表性感，那是否以南北半球的中間分界線——赤道來分辨是否健康呢？你看，這個淫婦把 23°N 北回歸線也露出來了！

性感最重要就是能產生性方面的魅力，對受眾引發性幻想，只有做到這個目的，其實男人話之你健康定有病。

所以我特別喜歡萬聖節，不知哪年開始，萬聖節這個節日變得很邪，平常花很多時間思索自己的形象夠不夠健康的女人，會撞了邪般去展露自己的性感美。吸血女殭屍的血塗在臉上，也滴了很多在露出的胸部上；扮護士的會覺得跟 AV 女優一樣穿魚網黑絲才扮得似，但忘記了護士跟這個節日的鬼怪其實無關；穿短裙的女警，用手銬扣著自己，仿佛告訴男途人可隨便地向她執法。

對於女人來說，萬聖節就是個難能可貴的機會，儘管她們最終把這個節日化身為成人用品節，但她們不 Care，或者，她們覺得，自己肯定不是那種放蕩的女人，她們只是想趁這個節日，藉故扮一扮淫婦而已。

馬雲就像其他白手興家的企業家一樣，都曾經有非比尋常的才幹，有自己的致富之道，但他證明了智慧會令人發達，但發達不會令人更有智慧。別人想說金錢是會很容易令人的品格腐化，但我覺得太有錢的人，是連智慧也會退化。

當一個人建立了千億王國，他很容易成為了「國王的新衣」中的國王，他自己發現不到問題，身邊人也不敢揭穿他的問題，馬雲自己出錢拍、自己主演的《功守道》就是他的新衣，不難幻想他身邊所有人都會大讚馬總的動作場面出色，演技精彩，但大家都知那條影片比赤裸裸的他更嘔心。

「比起賺錢，花錢好像更難。」
「一個月掙十億、二十億的人，其實是很難受。」
「很多假貨，產品和服務做得比真品還好。」

若年輕的馬雲說出這些屁話，見工時根本不會獲聘用，生意伙伴也不可能找到，但他現在可以說，因為他甚麼都有，所以甚麼都不在乎。有錢使人失去運用智慧的動力。

十個人當中有十個人都會說，金錢不會改變自己。你覺

得金錢真的不會改變到自己？玩大富翁就是最好的實驗，每個贏家最後都玩到面目猙獰。

　　從人權角度看，兩性平等運動是正確的，但很多女權分子令人討厭，是因為她們忘記了女權運動是要平權，不是為了要特權。

　　記得兩年前澳洲墨爾本一家素食餐廳為了宣傳性別「平等」，徵收針對男顧客的 18% 額外「男人稅」，而且安排女性優先入座，這是為了提倡兩性平等還是為女性爭取特權，大家心知肚明。

　　這間店的名字叫「Handsome Her」，中文可譯作「英俊的她」，連店名也十分政治正確，店主肯定認為，以英文「Handsome」這字來形容女性的機會不多，但女性跟男性本身應該共同擁有被形容為「Handsome」的權益。價錢及服務給予女性特權還不夠，店主想把約定俗成屬於形容男性的形容詞也奪取過來。

　　有女權分子批評一級方程式賽車比賽沒有女性車手，主辦單位說沒有法子，賽事是容許女性參賽，只不過是車廠找不到具足夠實力的女車手而已。女權碰不了車手，就搞賽車女郎，所以 F1 正式宣布，從 2018 年開始，一級方程式賽事

取消所有賽車女郎，因為賽車女郎物化女性，不合現時社會氣氛。結果女權分子找不到特權的時候，就會削權，削掉男性在賽車場上欣賞女性美態的權益。

荷里活女星 Natalie Portman 指社會上的牛奶和雞蛋只來自母牛和母雞身上，是一種對雌性動物的剝削，荒不荒謬大家自有答案。

但這事件令我知道當動物沒有機會發聲的時候，人類的女權分子還會越權，走去為雌性畜牲平反。Natalie Portman 只拋出問題，卻沒有答案，我現在告訴她，她其實可以用公牛或公雞的新鮮牛屎或雞屎去取代牛奶和雞蛋。

跟女權分子辯論何謂平等，其實可能爭論一世也沒完沒了，要跟女性理智地討論，其實很多男性都覺得這行為本身就很不理性。

在這左膠盛世底下，女權運動只會越燒越熱，令更多人反感。不過我肯定有一項女權運動，男性是不反對的，那就是 Free the Nipple。

許志安偷食事件之所以矚目，當然因為牽連的主角知名度高，但他受到千夫所指，震怒社會，原因不在於背妻偷食是否道德本身，而是大家對他的期望太高。如果是他的歌迷，一定會喜歡《唯獨妳是不可取替》那種癡心情歌，不是歌迷，也可能會記得他和鄭秀文的廚房宣言，更慘的是，黃子華稱許志安跟鄭秀文的故事是香港的最後一個童話。

所以許志安可以放火，可以殺人，他要坐監大家也不介意，但你不能叫港女面對童話裏的癡情男人偷食。如果有人拍到杜汶澤、澳門華哥、陳冠希呢啲人去偷食，大家根本 Don't give a shit。

這個年頭，要在這個社會上做一個聖人，不如做好別人對自己的期望管理，雖然「期望管理」是商業管理學上的一個概念，不過我嘗試用生活化一點的例子去說明，譬如：一個準備考 DSE 的學生妹，你發現她竟偷偷地去做 PTGF，跟男人過夜賺外快，你肯定會覺得她淫賤不能移，世風日下，道德淪亡。但相反，有日你去叫雞，你發現幫襯開的陀地，床頭枱角上有一本 DSE Paper 1 Reading 的 Past Paper，細問之下，原來她用賺來的錢報讀夜校，重考 DSE，你眼角可

能會突然滲有淚光，埋單時還會畀多一百蚊貼士。

　　兩者本質上幾乎是一樣，但常人的心底裏，都會覺得後者的品格較高，正正因為她超出你的期望。

　　本人深明這道理，而且一直都是期望管理的達人，很簡單，每次遇到心儀對象，我不用跟她出兩、三次街來讓彼此加深了解，我只需寄我的著作給她細閱，令她明白我是寫史詩式叫雞小說出身的小淫蟲，擅寫咸故及粗口而且還行文流暢、經常抵毀香港女性、盲目攻擊男性純愛作家。簡單而言，是一個擁有反社會人格的紙上色魔。

　　若果，假如，她還有興趣跟我出街的話，她已墮入了本人建立的期望管理陷阱。她會發現，我的每一下舉手投足，無比正常之餘，偶爾的某些行為，更帶給她無限遐想，例如食飯時她把嘴角弄污糟了，我會主動把紙巾遞上，她會覺得我是個注重衛生的翩翩君子；埋單時，我用 Mastercard，而不是支付寶，她會覺得我是一個重視私隱的知識分子；飯後走在街上，若在斑馬線燈口見到是但一個阿婆，我都會強行把她帶到對面馬路，當她望著我扶阿婆過馬路的精壯背影，

我知道她腦海只有空白一片，因為她濕了。

　　女人是否愛壞男人，答案很難一概而論，但做一個壞人，比起做一個突然壞咗嘅人，可能令人容易接受十倍，與其站在高地，不如蹲在風涼水冷的道德低窪地區。

　　D&G 發布了一條名為「起筷吃飯」的宣傳短片引發軒然大波，片中一位東方女模用筷子吃著幾款意大利菜，中國網民大感震怒，認為模特兒的動作表情，再加上旁白的語調，明顯是辱華。

　　幾個月後，美國版《Vogue》雜誌於 Instagram 上載了一張中國模特兒高其蓁（Tin）的照片，Tin 幾乎沒有眉毛，只用眉筆畫上兩條幼小的線條，雙眼細長，一樣引來大批中國人狂轟《Vogue》歧視亞洲人樣貌。

　　隨便數數，已有不少外國人傷透中國心的例子，但很少本土派會說有外國人「辱港」，其實如果套用中國人的眼界和自尊心在自己身上，我肯定薩凡納藝術設計大學（SCAD）在港鐵深水埗站所展示的裝置藝術，比起上面兩個例子，更創傷到我的弱小心靈。

　　港鐵邀請 SCAD 創作獨特設計，以美化港鐵深水埗站，這些 SCAD 的外國學生，竟以深水埗舊樓相片來包裝月台的的站柱牆壁，對於像我這種土生土長的港人來說，深水埗的舊樓只令人聯想到管理不善、環境惡劣的問題，而且深水埗

貴為全港最嚴重鼠患地區，鼠患黑點的位置正正大部分就是來自這些舊樓。

從這所謂裝置藝術的構圖，你可見到家家戶戶的窗密密麻麻，外國人可能覺得這奇景有趣，但我只想到人均居住面積不到五十呎的擠迫戶，也想起深水埗是全港劏房率最高的地區。從圖片上你亦可看到大廈外牆日舊失修，殘破不堪，原因不難解釋，我們都知道深水埗是全港十八區中數一數二的人均收入最窮地區。

這些外國學生說是「美化」月台，但這根本沒有「美化」可言，你不可能拿香港人天天看到的悲劇來美化香港人的地方。正如紐約世貿科特蘭車站於九一一事件的十七年後終於重開，它的復甦對許多人來說，也有著格外重要的意義，車站內有一幅白色大理石牆面，上頭寫著美國《獨立宣言》及聯合國的《世界人權宣言》，這樣的美化很含蓄低調，但如果我以數百幅九一一襲擊事件的新聞圖片來佈置整幅牆面，效果肯定更加奪目而震撼，但紐約人又會有甚麼感受？

不過算罷，現在已有大批遊客喜歡到彩虹邨或益昌大廈

擺 Pose 拍照 Up 上 IG 留念，這不難推算到如果荃灣西的水管屋項目成功落實，這樣富科幻味道的 Cyberpunk 設計，肯定也會成為遊客的旅遊熱點、打卡聖地，住開大屋連花園車房的洋人高舉 V 字手勢背著一批最窮的天橋底水管租客嘻嘻哈哈地拍照。

　　「辱港」肯定是停不了的，我們辱辱下就慣了。

在香港，買樓要猜包剪揼是真有其事，以下故事是經過一定程度修改的真人真事。

作為一個跑數的地產經紀來說，志權未免太過多愁善感，他知道他的客人有機會買到大埔白石角這個新盤、這個上車單位時，整個晚上都徹夜難眠。

這種緊張感，是前所未有的。一般買家入票抽籤，抽不到，或是排得後，放棄揀樓，是志權見慣的事，但大埔這個新盤則不同，發展商是採取招標制，即是發展商入標前已公佈每個單位的意向價，平單位多人搶，投標價容易相同，如果客人投的單位跟其他幾個買家 Offer 的價錢一樣，發展商會再制定一個方法來決定買者誰屬。結果，志權的分行經理，前一天淡淡然的告訴他：「喂，發展商話聽日要用猜包剪揼嚟決定邊個買到樓，咁你記住醒少少。」包剪揼？志權以為自己聽錯。

售樓那天，發展商帶著六位地產經紀到售樓處內一個特別準備好的房間，志權是其中一位，「記住唔係三盤兩勝㗎，係一鋪過㗎！哈哈！」發展商的職員笑嘻嘻地提點著。他們

像小學生小息玩集體遊戲時一樣，圍成一圈，志權望望其他穿著恤衫西褲的經紀聚精會神的樣子，自己也開始慢慢提起右手，他的手心冒著汗。

香港樓市光怪陸離的事，志權以為早已見盡，但一個客人上車的夢想，一個值六、七百萬的決定，一個人生的關鍵時刻，竟然栽種在自己的手裏，而且更被一個小學雞遊戲決定著勝負，這會不會太過荒謬？會，但這是香港一件千真萬確、正在發生的事情。

志權咬牙切齒，緊握著拳頭，當客人的未來落在自己的手上時，志權難免想起這個入標的客人陳先生。陳先生是中學教師，太太是家庭主婦，剛剛生了個可愛的男孩，兩夫婦溫文有禮，志權清楚香港有錢的客人多，但有修養的人少，陳先生肯定是那小眾。志權記得帶著陳先生看示範單位的那一天，陳先生拿著《Making Thinking Visible》一書，志權問他，那是甚麼書，陳先生說，這書可教育自己教育到學生明白教育的目的在於培養思考的能力，志權雖然不太懂，但他笑了笑，因為他知道陳先生肯定是個用心教育的中學老師。

陳先生的 Budget 不多，如果今次上不到車，陳先生曾透露會打算放棄，上不上車，容後再說，但志權心想，一個美好的居住環境，再加上父母的妥善的教育，陳先生的兒子，將來肯定會是一個不可多得的人材，是香港社會的棟樑。這單生意，志權不是為了佣金，而是為了良心。

　　「陳生，無佣我都會做，我覺得我同你好投契。」睇樓那天，志權誠懇地說。志權也憶起，當天的陳先生亦有點感動，離開前，竟然叫太太拿著手機，幫陳先生和志權在示範單位門口拍一張合照。嚟，望住呢度。一，二，三。

　　一，二，三。

　　「喂，你慢出喎，我哋數咗一二三喇喎。」其中一個經紀說。其他幾個經紀早已把右手伸出，有些人出包，有些人出剪，他們定眼望著手還放在心口，一直在思考人生的志權。

　　因為經紀猜包剪揼慢出的關係，陳先生至今還未上車。

‹25° 上網勿認真

　　討論區上男女老幼人人隱藏身份，留言無需經大腦，也不用負上太大責任，變相9噏者眾多。其實絕大部分成熟人士，都深明「上連登，勿認真」的道理，但奈何連登的滲透面比以前高登更廣，年齡層更低，更多心智未成熟，還未出來社會接觸真實世界的會員，潛移默化之下，價值觀一定受到影響，以下是最常見誤解：

1.【女人全部都係雞】

　　當新聞報道任何男女之間因任何原因發生衝突或爭拗，新聞一經在連登轉載，所有留言都會戲言指事件屬勞資糾紛，即是暗示有人做雞，事件始於性交易的金錢糾紛。頭幾次出現這類留言，都覺得純屬會員幽默，但幾年之後，同一模式的留言依然持續出現於同類新聞的討論，基本上是沒有會員理性地討論事件。

　　總之，以連登仔的角度，女性原告在民事訴訟或作出抗辯中必需證明自己不是妓女，否則一律只屬勞資糾紛。在男權塔利班充斥的連登，如果可以的話，他們都肯定同意修改普通法，讓一切疑點利益應該歸於男人。

2.【全世界都高人工，除咗自己】

在網上討論自己的人工，是一場 9 噏唔使本的比賽，簡單一句說自己畢業後半年，跳槽一次，人工就升至兩萬，已可使人妒忌；話自己有三年 Programming 經驗，轉完工再接下 Freelance，人工輕鬆四萬，這已可造成恐慌。

二百個吹水假膠留言，再加上一個真的高薪糧準的會員貼出糧單，足已令人工還有大量進步空間的年輕人懷疑人生。與其信網上留言，不如直接問自己的朋友，問下 Head Hunter，認識多一點真實世界。

3.【絕大部分女性都是狗也不 X】

所有男性會員都會以極高標準看待一般女性的樣貌身材，尤其討論新聞中的被訪者或 Instagram 素人：樣靚嘅，會話佢唔夠大波；大波嘅，會話佢得對波；樣靚又大波嘅，會話佢肥；又靚又瘦又大波嘅，會質疑佢整容；鼻高少少，就似大陸整容雞；一雙粗平眉再配雙眼皮，就係韓式人造人；間中打扮得性感，就一定長期俾人包養；著得密實過人，就

係垃圾造作偽文青假女神。

　　現實中金鐘連登仔以這標準去揀老婆，是不可能的事，有天他們會發現，這極高標準只能夠在夜深人靜時，於睡房被竇內，左手慢慢碌 IG，右手偷偷伸入褲檔，自由自在地選擇性幻想對象時使用。

　　男人打飛機從來嚴格過揀老婆，這是年輕人不清楚的可怕事實。

從來覺得一般 Salon 嘅洗頭環節是無好過有,因為頭我自己識洗,如果想畀人按頭嘅話,我會直接去揼骨,而且我亦無特殊癖好,從不渴求洗頭妹問我邊度痕去滿足性幻想。最大問題是越以為自己好 Service 嘅 Salon,越畀心機洗你個頭,落四次洗頭水,兩次護髮素,總共沖水六次,唔好話會揼到甩頭髮,再洗多兩次,腦漿都可以揼埋出嚟。

好多一般剪髮舖嘅師傅其實好有心機,但佢只有一半心機係同你剪頭髮,另一半心機係同你撥水吹,而我係無興趣聽佢講自己睇咗幾多套葉念琛嘅戲,講自己點樣同女朋友鬧交,我只係想你望實我啲頭髮,揸實你把鬚刨,唔好再劌親我隻耳。

我比較後知後覺,速剪理髮店近年開到成行成市之後,我先感受到佢哋嘅偉大,無多此一舉嘅洗頭步驟,無多餘嘅閒話家常,全程十分鐘,埋單用八達通,慳咗八成時間,收平咗七成錢,我行出門口,望住佢個招牌,發覺佢衝擊咗我對金錢嘅概念。

實有人會問剪咁快,收咁平,師傅係咪剪得無咁好,

我可以答你係，但所謂無咁好，係除咗你自己以外，根本無人會留意到，只要你有明確指示，唔畀師傅亂咁發板，係唔會發生任何意外，世界上係無人會一睇就睇得出你個頭只值六十蚊。

所以，每一次速剪，都係一次肯定自我嘅旅程，你明知呢啲平價理髮店有機會使你嘅髮型造成瑕疵，但你清楚你嘅自信心已經足以彌補呢啲輕微缺陷，聽日見客，佢只會留意到你真誠嘅態度，唔會介意你後尾枕比平時剷得青；後晚媾女，條女會欣賞你談吐嘅幽默，但睇唔到你今次前額嘅留陰比你心目中剪短咗半吋。做咗三十年人，你知道外表係重要，但花多成粒鐘，使多二、三百蚊甚至更多，去剪一個每分鐘都在生長嘅頭髮，係唔會幫你化腐朽為神奇。

結果，六十蚊嘅舖頭你攻陷了，你會挑戰四十五蚊的，四十五蚊嘅舖頭你接受到，你會再試探自己的底線。

上次見工，HR 問我：How would you define self-confidence and how confident are you? 我無答佢，我直接喺銀包拎咗一疊三十蚊剪一次嘅速剪套票然後攤出嚟。

雖然呢篇文已經喺網上 Post 咗一段時間，但實在有需要或有責任為出書而再刊載一次。

* * *

每次喺飛機上面，我永遠都唔會緊張有無人劫機，亦唔會理會架機會唔會空中解體，但真係好擔心自己座位附近有啲一歲都唔夠嘅 BB。

BB 去到陌生嘅環境，感受住令人不適嘅氣壓，仲要不斷聽到引擎發出嘅噪音，係會黐 L 晒線咁喊，我好諒解，無論空間幾狹窄，距離幾近，喊聲嘅回音有幾迴腸盪氣，我都好有同情心，見到佢哋喊，有時都想喊埋一份，心裏面係唔會 X 佢老母，唔會想掌摑佢哋。

但我真係理解唔到啲家長，理解唔到呢班港豬帶一歲都唔夠嘅 BB 去旅行係咩玩法嚟。平時懶係注意健康，喺屋企買夠幾部納米離子空氣清新機，買埋啲乜野奶樽蒸氣消毒烘乾器，但一諗起有得旅行就發晒瘟，竟然唔介意帶個小朋友上最容易感染細菌嘅機艙。

可能有啲人覺得家庭樂好重要,甚至好多家長更加妄想提早帶小朋友出國可以增加佢哋嘅人生閱歷,但細路年紀太細,根本唔會有記憶自己去外地做過啲乜嘢,所謂嘅家庭樂,只係剩返港豬老豆老母嘅自我滿足,或者一路去旅行一路湊仔執屎執尿嘅經歷。

如果唔係為咗成家人一齊去旅行,而係驚個細路留喺香港無人湊,所以先帶埋個細路去,呢個更加係自私嘅做法,唔方便去旅行,其實可以唔去,去遲一、兩年,啲旅遊景點係唔會突然消失。

可能有人覺得,呢番言論不近人情,點解唔體諒下啲父母要照顧細路,一齊輕鬆下都唔得呀乜乜乜。其實又無話唔得,不嬲人西都唔係犯法。

* * *

記得喺網上 Post 以上篇文之前,真係無諗過會有咁多家長咁大反應,我只係反對太細個嘅小朋友去旅行,但好多家長激動到我以為自己寫咗啲乜野種族仇恨嘅言論,以為自

己曾經殺人放火。之前有朋友話生咗仔嘅老豆老母好似入咗邪教咁，我睇完啲留言，就開始明白呢句說話。

1. 其實去餐廳、酒樓、搭巴士遇到 BB 喊嘅機會仲高啦……一年會搭幾次飛機先？遇到 BB 次數幾多先？ BB 喊幾多分鐘先？小器鬼！

2. 唔好唔記得，你都做過 BB，你都會喊，你老豆老母都俾人小過。

3. 奇怪……香港人不是最愛講咩自由同權利？人哋父母帶 BB 去旅行系人哋的自由同權利，你不喜歡就米出門囉！連巴士都米搭囉！而家邊條法律規定 BB 不能乘搭交通工具？過大海遇到 BB 驚吵，就米過來啦！澳門都無話歡迎你班港燦！

4. 我反對版主講法，我不是香港人！不過，我小朋友 6 個月大已經帶埋去旅行，因為只要佢系我身邊，可以分享睇到世界有好多靚地方，留下美好回憶畀我！系無價！仲有丫！吾

系個個都會哭！起碼我小朋友無喊過！無吵到人哋！版主点
解吾可以體諒一下人哋！每個父母都希望可以同团囡一齊旅
行開開心心！

5. 你很可憐！連一種基本親子幸福都沒有。可悲，我相信支
持你 Like 你呢篇「論文」的人都一樣，幸福離你們而去。作
家大 X 晒啊而家？咁 X 巴閉咪自己搭私人飛機囉！唔好搭公
共交通工具啦，笨 X！

6. 其實你係討厭就話討厭啦，使乜鋪排咁多吖。講到 BB 喊
自己都想喊，懶有同情心，偽善到爆，真係咁有同情心，就
諗下父母可能係帶 BB 去外國見親友最後一面啦，諗過有呢
個可能性，你就唔會 D7 人了。

憑佢哋以上嘅反應，我知道我完全高估咗香港人嘅公德
心，無諗過咁多老豆老母以為生咗仔就好偉大，戴住做父母
嘅光環，就可以為所欲為。生仔根本無光環，你生得出，就
有責任照顧細路，照顧得好，教得好，先係偉大。但呢篇文
已觸動唔少香港老母神經，佢哋無邏輯、無思維、無責任感、
無資格教仔。

首先，好多人都話 BB 上機可能唔係去旅行，呢個我明白，所以我篇文本身只針對地說明帶太細個嘅小朋友去旅行係好不智。不過，我同時亦唔相信帶 BB 上飛機嘅人大部分有好嘅理由，可能佢移民東京呢？可能去布吉做白事呢？可能去台灣探親？唔出奇㗎，但我唔信一架機會有四、五個。

即係如果我見到有人打劫銀行，係咪唔應該批評佢，因為個賊可能去劫富濟貧；見到有人強姦，唔應該阻止，因為佢可能只係幫人性交轉運？唔好同我講乜嘢可能呢樣可能嗰樣，邊樣機會率高大家心裏有數。

好多人甚至拎埋人權同自由出嚟講，話 BB 有人權坐飛機，上飛機喊亦係好正常，點解唔俾人享受親子樂？我的確明白。大陸人食 Buffet 搶蝦都係人權嚟，因為佢哋界咗錢，食剩都無問題，因為唔犯法。係喎，諗下諗下，其實我哋點解咁仆街唔容許人哋有搶蝦嘅幸福同快感？

仲有，最可笑係不止幾個人話要我記住當日嗰番說話，講得出做得到，唔做冚家 X。黐線，記住有幾難？我唔明點解佢哋講到唔帶 BB 去旅行係一件世間難事？我睇唔透。

　　有部分家長留言，話自己盡量都唔同小朋友上飛機，就算上，都會做足準備，因為都明白 BB 喊係會造成其他乘客不便。呢啲家長啲子女幸福得多，因為明顯地佢哋係好嘅父母，顧己及人，做事大體。但可惜呢的只係少數，好多父母都係好似狗咁衝出嚟 X 我，問我細個係咪無喊過，我喊嗰陣我老母做咩唔揵死我？

　　生仔應該要審核同考牌，無腦無責任感嘅家長，只係用咗兩件男女生殖器官生咗個嘥嘢出嚟滿足自己。小事一則已可看出港豬的歪理實在太多，喺呢個社會講民主講抗爭？哈哈，我投降。

病態地沉迷網上罵戰是這世代很多人的通病，這些經常病發的人，中學時期根本可能不愛寫議論文，甚至大學都未讀過，論文從未寫過，但這些人會願意為了反駁網上的陌生人，醉心一整個晚上交千字文，還專業地把引文及論據註明出處。

網上罵戰是一件極傷神，而且沒有任何回報的事情，而且在 99% 情況下，罵輸的一方不會認錯，你不可能看見連登或香討有人說：「抱歉，你的觀點原來是那麼的正確，完全改變了我的想法，多謝你糾正我的人生觀，我上了寶貴的一課。」沒有，這是不可能的事，剩下的 1% 機會，是屈服的一方知道自己有可能被起底的情況下，基於群眾壓力而道歉。

傷神的事情還是有極多人願意自虐地去做，而且最可怕是，只牽涉個人喜好與品味的議題，與社會大眾民生無關痛癢的事，一樣爭鬧得激動轟烈，尤其是毒男之間的話題。

毒男外表先天不足，談吐欠缺自信，在現實難以在與別人溝通時獲得滿足感，他們只好在網上捍衛自己熟識的範疇

和領域，在這退守的陣地之中，向網上的陌生人證明自己思考敏銳，所有喜好都是品味的象徵，任何答案都是智慧的精華。

有人說 Android 比 iOS 好，你打了八百字來反駁，最後以「用 Android 的是狗」作結，但你忘記了他用甚麼作業系統對你本人完全沒有任何影響；又有人問買 Switch 這款遊戲機好不好，你列舉了三十隻 PS4 的獨佔佳作，力數 Switch 的不是，說 Switch 只有智障才買，可是你抹去別人玩厭了 PS4 再買 Switch 的可能性；有人罵雷姆係雞係公廁，你憤怒得拍了一下張電腦枱，你今次失去了理智，沒有運用任何理據，直接問候留言者的老母，你明知這只不過是一個二次元女角色，但你不准別人咒罵你的老婆。

從來毒男都不可怕，網上的毒男才可怕。

我沒有空了，這篇文章我只能打到這裏，因為我看到討論區上有人講解《Avengers: Endgame》的時空理論觀時完全歪理連篇，我現在要花時間反駁佢老母隻智障狗。

自從知道荃灣西天橋底興建水管屋這措施打算落實後，我們就明白政府除了直接打擊樓價的政策以外，一切即使天方夜譚但有關於土地問題的方案，其實政府也樂意實行。與其建造水管屋，不如設立指定的合法公眾做愛場所，這肯定更會受年輕人歡迎，更容易令年輕人受惠。

阿姆斯特丹的凡德爾公園（Vondelpark）就正正是個合法露天做愛場所，政府容許荷蘭人日頭帶自己隻狗來放狗，夜晚就帶自己條女來放肆。可能你會說荷蘭吸毒都得，有咩唔得，但其實丹麥哥本哈根一樣也有奧斯特公園（Ørstedparken）這個合法性地。

只要肯做，就可跟西方文明國家接軌，甚至乎超越他們也不難。耗資八十二億元公帑興建、使用率不足四成、附屬商業區卻長期十室九空的啟德郵輪碼頭，無論是碼頭花園、跑道公園、中庭的公共走廊，日頭夜晚也是人跡罕至，既然無人用，政府就需善用這片土地，把這近百億基建設置成夜深合法做愛場所才是上策。

可能你會說，怕唔怕遊客一落船就見到有人扑嘢，會影

響香港的國際形象？其實荷蘭必去景點之一的梵高博物館，就在 Vondelpark 兩街之隔。至於 Ørstedparken，離北歐排名第一的哥本哈根大學亦只是五分鐘的步行距離。與其擔心外國人看見香港人在合法場所扑嘢，不如擔心他們遇到大陸人周街大小二便。

合法性地不嫌多，最好九龍一個，新界一個。既然粉嶺高球場應否全面收回來建屋，釋出萬伙公共房屋供應，這議題還是爭拗不斷，我想在此提出一個方案：其實只要香港哥爾夫球會及政府，肯全面割讓粉嶺高爾夫球場的晚間使用權予公眾，我想這個社會大眾都會讓步，不會再有人爭議高球場使用率低，不會再有人懷疑官方公布的每年十二萬使用場次是極重水分，因為這些都不再重要了。只要粉嶺高球場成為晚間合法性交場所，我相信單單是每年的情人節，已經會有十二萬人到粉嶺慶祝。

我不是要完全還地於民，只是希望以夜晚的時間換取青年人的空間，權貴日間在打高球場上的十八個洞，年青人夜裏玩十八歲的洞，大家的娛樂與運動互不相干，河水不犯井水，社會就可以少一些矛盾，多一點包容。

‹ 30°陰暗面

　　朋友阿文（化名）喺一間中小企做咗幾年，有次飲多咗酒，講嘢開始好沉重，佢同我哋講，對啲同事了解深咗之後，佢發覺全公司上下都好多陰暗面，而家開始唔知點面對啲同事。

　　佢話有個已婚男經理，明明人工唔錯，但日日帶飯，佢發現呢個男經理原來日日都把握時間，Lunch 時自己匿埋喺經理房偷偷睇 Gay Porn。阿文話佢上次同公司啲同事踢波，沖完涼喺更衣室換衫，自己喺呢個經理面前吊吊揼，諗返起都心寒。

　　阿文知道咗有個同事周圍跑財仔數，幾千、一萬都申請得好辛苦，好多間都唔批。過年嗰陣，佢仲笑晒口咁主動走埋去人哋 Team 派利是，得阿文一個企定定喺遠處，心情好複雜咁望住呢位同事。

　　最近有個新女同事入職，外表清純，據稱單身，阿文有諗過接近佢，但佢發覺佢經常大量買女性私密處清潔產品，如果一個女仔買咁多支嘢係咁洗，究竟係代表佢乾淨定污糟？阿文話佢睇唔透。

　　點解你會知咁多嘢？另一朋友質疑阿文。「咪睇人哋啲 Browser History 囉，公司得我一個做 IT，唔係唔睇呀嘛？」這是 IT 人的員工福利，也是 IT 人的陰暗面，我而家都開始唔知點面對阿文，我淨係知 IT 人先係每間公司最要小心嗰個。

「優化」一詞在大陸早已被濫用，無論是「改進」、「改良」、「改善」、「美化」還是「強化」，大陸喜歡只以「優化」一詞取而代之。現在，大陸連裁員都成為「優化」的一種，多間國企無論炒幾多人，都拒絕承認裁員，辯稱是「人員優化」或「內部優化」。

2019 年華大控股被傳裁員，公司只承認是進行「小範圍的人員優化」。大陸電動車品牌蔚來早前被指裁員，官方回應公司僅「優化」3%。有冠冕堂皇的措辭「優化」一下，事實就仿佛不存在，裁員感覺都正面了。

現在大陸連公司倒閉、清盤，都有「優化」了的措辭，大陸公司有一種執笠，叫「良性退出」。大陸點對點網絡貸款（P2P）公司密集式倒閉，國家於是安排 P2P 公司可以選擇良性退出，但所謂的良性退出，說穿了只是政府避免民眾恐慌，安撫投資者的措施，也是給 P2P 平台拖延時間，暗中走路的計策。

海星寶理財良性退出，答應會還一半欠款，剩下的一半，如果有錢才會還；雅堂金融只還了第一期利息，之後沒

有下文。國家沒有保障投資者，也不介意平台良性退出，本身沒有經營困難的 P2P 公司，當然也選擇執笠，食「良性退出」這餐大茶飯。

　　在這國情底下，大陸其實沒有強姦，強姦只是與陌生人「主動生育」或者是「良性中出」，就算殺人放火，也不過是「協助過身」。大陸要和平，真的很容易，香港要跟上這種和諧的步伐，亦早已不難矣。

　　下屬 Mary（化名）幾做得嘢，但佢清楚我同公司都睇重佢，佢開始耍大牌，同我講一個星期要 Update 一次 Sales Report，咁樣嘅 Workload 好重，我即刻火都嚟埋，反問佢知唔知咩叫 Workload 好重？佢側側膊唔出聲，我唯有用真實例子嚟教訓下佢。

　　我一口氣喺公司 Send 咗廿九粒篠田ゆう嘅 Seed 畀佢，佢問我咩嚟，我話呢個係其中一個最紅嘅 AV 女優，正唔正見仁見智，但佢肯定係近年最勤力嗰個。

　　呢廿九粒 Seed，係佢最近廿九套新作，而呢廿九套片，無一套係重製，無一套係精選集，推出日期係 2018 年 11 月至 2019 年 2 月，即係話佢單單四個月已經拍咗廿九套片。佢係紅咗，係好受歡迎，但佢無驕傲自滿，繼續 Keep 住平均一星期要差唔多拍兩套片呢個瘋狂狀態。

　　你知唔知佢俾人 X 咗幾多次？我質問 Mary，Mary 繼續唔出聲，我話，你自己計下，一套片佢起碼畀人 X 四次，仲要有時我都唔識計，因為一場戲可以畀四、五條仔一齊輪，保守啲計，佢一星期都俾人執十次，即係呢四個月，唔計祕

撈，佢起碼俾人執咗一百六十次。

Mary，你而家覺得四個月交十六份 Sales Report 係咪好辛苦？有時你話M到，一星期射兩日波，一返公司就話出去見客，全日唔見咗人，如果篠田嗰個星期咁啱有兩套新片上，我肯定我見到佢仲多過見到你。我叫你做下 Paper Work 叫辛苦？你呢個想法公道咩？

可能我激動得濟，佢眼角開始有啲淚水，唉，後生女真係受軟唔受硬，我唯有溫柔返少少。

Mary，你冷靜啲諗下，有好多人想勤力做都無得做，好似好多女優咁，其實肯拍片都無人買，有啲肥婆拍一兩套美其名叫「極品肉」或者「高級肉」嘅肥婆專屬咸片之後就收山，平胸嘅就拍乜鬼嘢「奇蹟之貧乳」，諗住真係有奇蹟出現，有啲女乜特點都無嘅就仲慘，就直頭要拍埋啲玩屎玩尿嘅片喺度譁眾取寵。Mary，唔好喊喇，你有資質就千祈唔好埋沒，畀心機，我睇好你。

‹ 33°叫春文

　　很多人把無病呻吟的愛情文學類型稱為「叫春文」，但沒有太多人探討過「叫春」兩字的深層意義。其實叫春這回事，無論邊個叫，除了聲線與語調不同之外，只不過是一堆吋吋嗯嗯呀呀噢噢，與治癒系愛情散文一樣，內容根本是千篇一律。我現在筆鋒一轉，為大家示範，請仔細閱讀：

* * *

　　兩個本來不同的人，能夠走在一起，其實是一件幸運的事情。

　　對方的出現和走近，讓你決意把人家融入你的生活裡，成了一種愛情的加法，於是在你的漫漫長路裡，既有一部分屬於你的小宇宙，也有另一部分留給大家的青山綠水。

　　你能夠遇見他，回想起來也是很巧合的事，起初你和他或許也想不到對方會是陪你到老的人，這正是人生的玄妙，人海茫茫，為何你會愛上這個人？

* * *

　　講下笑啫，我先唔肯寫，單單睇到呢篇文章，都已經有衝動除衫走落街，然後是但搵條友出嚟隻揪，去拎返少少男子氣慨。

　　事實上，以上三段文字，是我用 Google，以五分鐘時間，隨意地揀選三位治癒系作家的文章，然後各自抽取一個段落併合而成，得出的結果大家可以看到，三個人寫的文字組合後結構十分完整，段落轉接亦沒有不順暢之處，效果可謂十分奇妙。

　　其實一點也不奇妙。有扑過嘢都知，叫春就是這樣子，你搵 A 呢條女叫兩分鐘，再搵 B 呢條女叫多三分鐘，不用事前綵排，內容上絕對可以銜接下去，B 叫完再搵 C 叫亦一樣。

　　如果你叫這三個作者嘗試找出哪一段的出處是自己的文章，我想是有一定難度。正如你是但問一條女：小姐，請問你上年平安夜係點叫床，你嗰晚係呀呀吖吖啊啊聲咁叫，定係啊啊呀呀吖吖聲咁叫呢？我肯定無一條女答到你。

　　記得有年，以上段落的其中一位作者曾經公開投訴另一

叫春系前輩抄襲其文章，當時我笑到氣都咳。情況就似香檳大廈有隻新來港的雞，投訴隔籬單位的同行抄襲其呻吟聲一樣，這完全沒有道理可言。除非，你叫床叫到天下無雙，例如一邊叫一邊唱粵曲，這樣才有資格投訴。

被投訴的那位前輩十分精明，加上當時似乎備戰立法會選舉，未有作出回應。

稍為玩過下 IG 嘅人應該都好明白，IG 最令人反感同不滿係經常會見到有人會留言賣廣告，尤其是一啲 IG Shop，佢哋會喺啲多人睇嘅 Post 現身留言，引人注意。

呢啲 IG Shop 會 Keep 住 Check 同類型舖頭或競爭對手，一見到你有 Follow 人哋，就即刻主動 Follow 你，會博下你會 Follow 返佢，再睇下佢有咩 Product 賣，有啲 IG Shop 再進取啲，佢仲會走去你自己嘅 Post 度亂留言，直頭同 Cold Call 無分別。

可能大家都會覺得小本經營有一定困難，降尊紆貴引人留意其實無傷大雅，我同意，但如果一個所謂作家經營自己 IG 帳號經營到好似 IG Shop 咁大家又點睇？

以下係我所知道嘅真人真事。有個新晉叫春系作家幾年前開始，模仿酈俊宇嘅筆觸，於 IG 上大量發文，起初未有太多人留意，所以佢會選擇仿做 IG Shop 宣傳嘅形式，主動 Follow 酈俊宇嘅 Fans，效果可能未見顯著，佢竟然仲會走去酈俊宇 Fans 嘅 Post 入邊，主動留言。

　　據稱幾個曾經被留言嘅 Fans，都見過呢個作家留低一啲言情而莫名其妙嘅字句，然後希望人哋會點擊返自己個 IG 專頁。

　　做得呢啲嘢嘅，主要係小本經營網店，賣假鞋假手袋又有，傳銷都有，但你從來唔會見到大牌子咁做，你唔會見到 Nike、Chanel、Apple、Rolex 要咁樣做去引人留意，呢個唔係 Fans 多少問題，係格調問題。

　　格調問題其實又唔係一個好大問題，何況所謂格調的高低絕對係見仁見智。一段時間後，唔知係咪宣傳效果奏效，定係佢寫嘅叫春文句句擊中廣大女讀者嘅死穴同 G 點，佢開始儲到一定數量嘅 Fans。

　　然後，突然有一日，佢發文指鄺俊宇一篇文章嘅觀點同字眼同自己較早前嘅一篇文極度類同，指控對方抄襲。

　　我上一篇文已說明咗叫春文無分所謂抄不抄襲，而且明眼人一睇，就知佢由出道開始已經係個一直模仿鄺俊宇嘅寫手，佢連宣傳自己嘅文章同專頁時，都係主動出擊希望引到

鄺俊宇 Fans 嘅注意。

　　去到呢一步，情況就似華為指控 Apple 抄襲，行為上已經唔只涉及格調跟風骨嘅問題，直頭係操守同人格問題。

　　縱使我唔鍾意睇鄺俊宇嘅文章，但反送中一役，已證明鄺俊宇係無比正直之人，至於嗰位所謂作家，佢抄到鄺俊宇嘅文筆，但永遠抄唔到佢嘅為人。

‹ 35˚ SP

捉煲唔捉蓋，分手仲做愛。情侶分手後有幸能成為 SP，是關係上的昇華，是鳳凰從浴火裏重生。

不需理會自己或對方哪個付出較多，不需計較哪一方愛對方更多，SP 這種關係是最單純最原始最平等，雙方只尋求靈慾上的滿足。

分手前她嫌你不上進、不好學、不體諒她、不夠愛她，但現在甚麼不重要了，因為 SP 這種關係建立於撇除一切雙方感情路上的不滿與瑕疵，只保留了大家認為最美好的精髓，她對你的搵錢能力失望，但至少對你的性能力很有期望。

SP 這種關係需要平權，因為它在被邊緣化，大家不敢談，天天寫愛情治癒系文章的作家不敢寫，人人為女人平權，為同性戀平權，為宗教平權，為擁槍平權，為墮胎平權，但沒有人為 SP 平權。

我希望有年拜年，可以見到表弟唔需要再為長輩問自己有無拍拖而煩惱，可以直接帶條女上嚟，光明正大同親朋戚友講呢個唔係女朋友，只係 SP，煎堆整好未？我哋食幾嚿就

要出去爆房。

　　我會很感動，直頭未結婚都想派返封利是畀佢，因為我感受到這才是廿一世紀的多元社會。

　　每個人一生中，都有至少一個柒如關家姐強搶獎座既歷史時刻。為免起底，此文時間人物地點經過適量修改。

　　有次要獨自到歐洲公幹，其中需在德國柏林逗留三天，公司跟我交帶落，接待我的會是一家小企業的老闆，Mr. Weber。由於我整個旅程非常繁忙，柏林亦不是重要的一站，我沒有對這間公司和 Mr. Weber 做過太多的 Research，我只聽同事說他應該年紀不大，剛接手父親老 Weber 一手建立的公司，公司同事不多，只有十多人。

　　抵埗那天，我在市中心的酒店 Check In 後，Mr. Weber 就跟我約在酒店大堂會面，原來他只有三十六、七歲，梳著 All Back 頭，架著一副粗眼鏡，絕對是有型有款的鬼佬，我跟他熱情地用英語打了招呼，交換了卡片，由於已經是傍晚時分，Mr. Weber 說我明天再到他公司拜訪會比較適合，但他樂意跟我先吃一頓晚飯。

　　晚飯的過程可以省略，談公事多，私事少，只知道他未婚，想提一提的是，他駕車載我到餐廳的途中，他說有個緊急的 Conference Call 要開，想回家一趟，所以想邀請我到他

家坐坐，我當然沒有拒絕。

　　由於是第一次到柏林的關係，我基本上完全沒有方向感或位置感，只記得他家算是在近郊。他家門前的花園很大，泊了三、四架車，家中的裝潢不算豪華，但簡潔舒服，這二、三千呎的平房，我沒有仔細數清有多少間房，當時我在客廳坐了十分鐘，喝了杯水，未夠十分鐘便再起行到餐廳了。

　　第二天，我自己坐的士到 Mr. Weber 的公司，Reception 的中年女人看見我一副亞洲面孔，相信已知道我的身份，打過招呼後，她說今天會由 John 負責 Take Care 我，早上這個 John 希望跟我做一個 Formal 一點的 Presentation，於是 Receptionist 帶我入會議室。在會議室內，我跟 John 和另外兩個同事會面，John 給我的印象是斯斯文文，年輕而且青靚白淨，穿著一件緊身的 Polo Shirt，感覺略帶點陰柔，我印象中 John 沒有給我卡片，我估計他是銷售主管。

　　互相進行完一輪沉悶的 Presentation 後，John 說公司附近的餐廳沒甚麼好吃，想載我到遠一點的地方食 Lunch，於是我跟著他到了公司地庫的停車場，坐上了他的新款 BMW 7

系房車，原來這間公司的員工都搵到下錢，John 的 750i 比起老細 Mr. Weber 的 Audi A3 還高調得多。

行程途中，John 的電話響起，說了幾句收線後，他跟我說突然有個 Conference Call 要開，又要回家一趟，沒有辦法之下，我準備又跟另一個德國男人回家了，這些突然的 Conference Call，可能是德國文化的一種，我當時心想。

不過奇怪的是，十分鐘後，我發覺 John 的車又駛到了昨晚的近郊，我驚覺他把車開到了 Mr. Weber 的家中，他停車的位置，就是 Mr. Weber 的花園，我應該沒有認錯！

John 自在的打開平房的大門，把皮鞋放好，換上拖鞋，然後邀請我先坐在梳化上，他的表現，我幾可肯定他也是屋主，我那時腦中靈光一閃，原來 John 和 Mr. Weber 是同居的！我發現了他們兩個的基情！

畢竟 Mr. Weber 年青而且事業有成，男女動心對他也不出奇，John 跟他年紀相若，搞基不奇。他們基不基其實我不太在意，如果他們天天扮 Con Call，其實原來回家鬼混，我

也可以接受，但不要邀請我一起入房就可以了。

　　大約十五分鐘後，John 從房間回來，我們回到車上，準備去午餐，我首先不經意的打開話題匣子：「So you are living with your partner?」我故意不說成 Boyfriend，先看看他的反應，他好像有點驚訝，心想為甚麼我會知道，但他還是點點頭，然後嘆息，說公司裏的人其實也不知情，因為怕其他人反感，既然他這樣回應，我已肯定了我的判斷，於是我安慰道：「I understand, being gay is very normal but...」我原本打算說，搞基很普遍，但員工跟老闆 Mr. Weber 相戀，就不是一件易事，但我的 But 字話音剛落，我感覺到 John 幾乎把車煞停，然後震驚的望著我：「No, I'm not gay...」

　　這下尷尬了，我知道好像出現問題了，但我想令他明白，明明你們兩個就是一起住，當然會很容易令人誤會的，「我可能搞錯了，但因為你跟 Mr. Weber 一起住……」「What!? I am Mr. Weber.」他激動的皺著眉頭，表情似是比我更難相信現在正發生甚麼事情，然後他再說：「I am John Weber!」

我那時才如夢初醒，Mr. Weber 可能是他哥哥，John Weber 是弟弟，他們可能只是剛好住在同一間大屋，各自有自己的女伴，那時候我已十分尷尬，但我還是要硬著頭皮問個究竟，因為不弄清楚，這個話題是不會完結，「所以 John Weber 你是弟弟，Mr. Weber 的弟弟？」我問。一直駕著車的他，解釋得非常痛苦，幾乎要雙手抱著頭，他再說：「No... There is only one Weber. Me, John Weber.」

　　他說完，我定神望真他的臉孔，我終於知道這是甚麼的一回事，我尷尬得臉也青了，冷汗直標。第一天的 Mr. Weber，跟第二天的 John，根本是同一個人。兩天之間他衣著的區別，頭髮梳的方向，再加上隱形眼鏡，我完全誤會了 John 是另一個人，最要命的是，我第一天明明整個晚上叫他 Mr. Weber，第二天他叫自己做 John……算吧，這些已經不是借口。

　　我向他道歉和解釋為何會產生這樣的誤會後，他終於放鬆了心情，然後笑不攏嘴，他說其實公司真的有女同事和他交往，而且住在他家裏，所以我問他的 Partner 是否跟他同居時，他答是。不過我重申，7 了就是 7 了，甚麼也不是借口。

他說道歉當然接受，但這個笑話實在太好笑，我離開後，他會告訴給全公司，我沒辦法，被迫接受這個懲罰，畢竟，我是一個目中無人的香港人，只經過一天，就不認得接待過自己的公司大老闆之餘，還屈他是同性戀者，更可怕的是，這個同性戀者的對象，還是他自己，真正的 Go fuxk yourself。

這個故事教訓本人，以後必需看清兩樣東西，第一樣，就是別人的樣貌，第二樣，就是別人的卡片。Mr. Weber 第一天給我的卡片，老早就大大隻字寫著 John Weber。

　　我很怕地鐵，因為每朝整個月台都是一臉死灰的行屍走肉，生存的唯一拼勁仿佛就是為了在車廂你推我擁。就算假期，你避得過繁忙時間的人潮，也未必躲得過遊客的行李、水貨客的手推車。有時，望著幾個穿著本地校服的小學生在說一口流利國語開盡喇叭玩《王者榮耀》，或是直擊到兩個中年女人為關愛座爭執指罵，我們最多搖搖頭，是失落，但見怪不怪。

　　地鐵月台安裝幕門是必需的，港鐵公司知道乘客每日看著這些畫面，不是很易坐到抑鬱，就是狂躁，就算不自行跳落路軌，他日亦難保會把別人推落路軌。意外大家都不想看到，因為地鐵故障停駛，納稅的我們是要幫手交罰款的。

　　記得有外籍同事問我，那些波板糖人（車站助理）是怎麼一回事，為甚麼需要那麼多人？我說他們是維持秩序，控制人潮。他驚訝的笑說，這樣的人數像防止暴亂多過控制人潮。我再答，不用擔心，別幻想香港人會暴動。

　　波板糖人這職業的存在，的確是對香港人智慧的侮辱。依照排隊線及箭嘴等車、切勿靠近月台幕門、先讓乘客落車，

這些都是極簡單的規則，是公認的常識，智力及身體機能沒有障礙的話能做到這些要求根本不難，照理依靠月台廣播來提醒已足夠，但偏偏很多香港人就是無法做到這些事情。很多香港人覺得波板糖人多餘，但香港人就是值得配有波板糖人這職業來侮辱自己。

　　要是有機會移民的話，我會選擇在離港前於繁忙時間坐一圈地鐵，所有離別不捨的思緒一定揮之而去。

‹ 38° 長大

　　每個人由細到大其實都對呢個世界存有錯誤嘅認知，無論三歲定廿三歲，甚至乎三十三歲，都一樣有幼稚嘅想法。本人當然唔係例外：

【三歲】以為頭髮長就係女人，當年老豆有個朋友夏韶聲咁款，以為佢打算同我阿媽爭我老豆。

【六歲】望住浴缸個塞，會覺得大海都一樣有個塞，如果搣走佢，啲海水就會流走晒，地球會滅亡。

【九歲】嗰一、兩年報紙同電視節目都好興講話有預言家預言 1999 年係世界末日，我揸住扮報紙嚇 L 到喊出嚟，阿婆叫我唔好驚，佢話佢一啲都唔驚。佢梗係唔驚啦，97 年都未到佢就死咗。

【十歲】本身以為女性用肛門嚟小便，知道真相後好震驚，一度考慮女人係咪適合自己。（知道真相係因為學校有性教育堂，唔好報警。）

【十七歲】以為愛情係一生一世

【廿一歲】以為朋友借完自己錢係會還

【廿三歲】以為普通人買股票都好易搵錢

【廿四歲】以為打扮工搵兩萬蚊係好夠

【廿五歲】以為 2047 年前香港都係一國兩制，高度自治

【廿七歲】以為呢個世界有天理

　　寫到呢度，突然唔想寫落去。人無論幾成熟，都一樣有
天真想法，越遲發現嘅真相，原來亦係越沉重。

< 39° 爛尾

其實間中都聽到啲人話唔鍾意追美劇,因為佢哋話爛尾係美劇嘅傳統,呢句說話係錯,但錯唔晒,因為十幾年前亞洲市場極受觀眾歡迎嘅《Lost》、《Heroes》同《Prison Break》,全部都無一個好嘅收場。《Heroes》第二季遇上荷李活大罷工,第三、四季劇情完全崩壞,《Prison Break》未至於慘不忍睹,但一季比一季差係公認事實,至於《Lost》,係我當年嘅至愛,但最後一季竟然以宗教角度去完結整套科幻懸疑劇,六季以嚟鋪排嘅伏線謎團置諸不理,我一直都無法釋懷。

《Lost》當年其實都有受荷李活大罷工影響,所以間中一套美劇爛尾,我一直都視作個別例子。Life goes on,美劇繼續追。而近十年都有無數經典美劇喺自己見證下得到「善終」,五季完結嘅《Breaking Bad》堪稱係完美,更長嘅《Mad Men》結局亦無令人失望,甚至乎《The Office》裏面最重要嘅主角退出幾季,不被外界看好下,水準都仲 Keep 到去結局,而且仲係好多例如《Fargo》、《True Detective》呢啲每季獨立單元故事嘅高質美劇,無爛尾嘅經典美劇係數之不盡。

但可惜經典美劇出現一個世紀大爛尾，往往就好似金融海嘯咁，一段時間就會出現一次。《Game of Thrones》由我第一季開始追，追足八季，跨越九年，我天真地真係以為呢套吸引全球超過千萬觀眾嘅荷李活頂級製作，只不過爭幾集就完結，電視台係唔會容許佢拍爛，但係，結果，我錯了。最後一季崩潰嘅程度，係超乎想像，除咗一心一意專登寫爛佢，我想像唔到任何荷李活受薪編劇係點諗到呢種程度嘅佈局同劇情。

以下內容涉及《Game of Thrones》劇情，如果你無睇開，可以忽略呢篇文，但依然建議你繼續讀落去，感受一下我嘅憤恨。

鋪排咗八季嘅 Night King 主線，打一集就完，你集數有限，唔夠時間，我都忍，但你老味 Bran 究竟係做乜春？大家遐想佢補充到 Night King 嘅背景，以為佢會控制到龍，以為佢回到過去做出左右歷史大局嘅決定，甚至乎以為佢就係 Night King，或者以為佢就係 Lord of Light，結果唔係，乜7都唔係，乜春都無做過，由第七季開始佢只係不斷故弄玄虛，甚至乎佢做唔做 Three-Eyed Raven 都對成個北境主線係

完全無影響，無論有無 Bran 呢個人，根本 Night King 都一樣可以南下，一樣可以攻打 Winterfell。

可憐嘅 Bran 唯一作用，就係證實 Jon 係 Targaryen。但呢度衍生更嚴重嘅問題，就係 Jon 完全浪費 Targaryen 神聖嘅血緣身份，佢知道自己係 Targaryen 後，依然忠於龍母，變得更優柔寡斷，講咗一百次 "She is my queen" 同 "I don't want it"，全季幾乎冇勇猛過嘅一刻，主角唔似主角，觀感上極差，好多人話《Game of Thrones》呢套嘢真實在無主角光環，但無主角光環唔代表要主角變成路人甲。

龍老母直頭係一個被編劇徹底強姦嘅角色，第三集仲係救世主，隔咗一集，經歷一堆強行要佢黑化嘅劇情，但結果黑化理由仍然唔充分嘅情況之下，第五集就要化身成天火屠城嘅 Mad Queen，再過一集，一統 Westeros 可能只係二十分鐘，講咗兩段對白，再加一場同 Jon 嘅對手戲，就趕住被人一刀捅死。呢種角色心情既急速轉變，我只係喺一套戲見過，就係《喜劇之王》，導演叫周星馳示範喺醫院等老婆生仔嗰種表情嗰場戲：「個仔出世，老婆死咗，個仔識叫爸爸，天才呀，條啫生喺個頭度，畸形㗎。」難怪 Emilia Clarke 話接

到劇本之後，自己一個人喺倫敦 on99 行咗兩個鐘，都啱嘅，如果佢唔去多人嘅地方，睇唔開去自殺好合理。

今季難睇嘅劇情係數之不盡，Jaime 選擇北上，援助 Winterfell，完成自己嘅救贖，本身可以係呢套劇經過八季後心路歷程發展得最圓滿嘅角色，亦都係我鍾意嘅角色，但忽然之間唔知黐起邊條筋，佢走返落去 Kings Landing 救 Cersei，當年為咗阻止 Mad King 濫殺無辜而弒君嘅佢，結果講咗句 "I never really cared about the innocents" 呢句最崩壞嘅名句。喺我嘅角度，Jaime 係變咗無啦啦北上，Battle of Winterfell 無乜特別建樹，跟住又無端端落返去，佢呢個角色今季仿佛只係為咗扑大隻妹而存在。

今季完全係角色違背性格設定，劇情放棄常識邏輯。Tyrion 弱智咗兩季，已經唔使我多講，就算二線角色嘅劇情同行為，都一樣係咁離譜。Bronn 衝入 Winterfell 勒索係發生咩事？佢要錢我明，但佢同 Jaime 叫出生入死過，仲救過人一命，而家玩乜 9 勒索？Euron 上水唔知點解會撞到 Jaime 都算，無情白事同人隻揪呢度直頭滑稽過笑片，The Mountain 都唔會好似佢咁失控。Varys 呢啲角色可能唔受歡

迎,不如快手快腳處置佢,結果編劇安排佢眾目睽睽下叛國,入紙申請死刑。

士兵喺城牆外防守敵人我都忍到,我話畀自己聽呢套唔係戰爭戲,唔好咁認真,但龍老母唔小心畀 Euron 擊落一條龍後,佢隔一集竟然用一模一樣嘅方法再次進攻艦隊,今次唔止成功,仲成個城滅埋,我睇緊啲乜 X 嘢;Bran 打打下仗反咗白眼,正常人都認為一定有箇中原因未解釋,記得有人講笑話佢變烏鴉飛上天觀戰,你老味原來係真;"The Prince that was Promised" 呢個預言仲有無人記得,我開始懷疑純粹係堆光之王女祭司圍內講下笑,根本唔重要;無端端地獄咁嘅廢墟之中出現隻身光頸靚嘅白馬 Slow 晒 Motion 咁救 Arya,個個都以為有咩寓意,有咩解釋,無,佢真係只係隻無 X 端端出現嘅白馬;你老味臭 X 講幾句話唔想再打仗,唔想再勞民傷財,Westeros 就突然變咗公投選皇帝,咁呢八季究竟爭緊乜春,我睇唔透,我未試過咁 X 憎民主社會。

如果夾硬要我揀一幕係全季最鍾意,諗起都好笑,我只能揀 Podrick 唱歌個幕。

就算 GRRM 未寫完書，都絕對唔係 David Benioff 同 Daniel Weiss 寫爛呢套劇嘅藉口，因為網上無數咁多 Theories，甚至乎 9 作嘅流出劇情，都比現在出色同合理。第七、八季有無可能重拍已經唔重要，作為《Game of Thrones》Fan 當前最大嘅願望係 D&D 可以被踢出《Star Wars》十至十二集嘅班底，我唔係《Star Wars》Fan，佢哋搞唔搞死《Star Wars》唔關我事，但我好想 D&D 俾人搞死。

呢次世紀爛尾，反而令我發現一樣有趣數據，就係亞洲人睇美劇嘅要求係比西方人更高，中港台嘅《Game of Thrones》Fans，唔滿意最後一季係人佔咗九成以上。雖然要求 HBO 重拍第八季嘅聯署由鬼佬發起，但係從多個 Social Media 嘅留言觀察所見，仍然撐套劇係無爛尾嘅，粗略估計都佔兩三成，全部都係外國人。究竟係智慧有高低，定品味有唔同，我無從稽考。

我淨係知，經過九年時間，我無奈地作出以下結論：《Game of Thrones》絕對係推薦畀仇家睇嘅美劇首選。

< 40° Deepfake

有日幾個朋友出街，阿強突然興起，拿出電話展示一條色情影片，影片只有大約半分鐘，清楚看到赤裸的周子瑜跟一個男人做著害羞的動作，另一個朋友阿祥嘖嘖稱奇，連忙追問為甚麼周子瑜會有流出片，阿強笑嘻嘻地說這是 Deepfake 影片，主角根本不是周子瑜本人，然後他繼續拋書包，向阿祥解釋甚麼是 Deepfake。

在我而言，Deepfake 只不過是常識，我更知道這條片的原主角是橋本有菜，SSNI-233，這才是知識。

阿強說，Deepfake 是一套利用 AI 強大的深度學習能力來運作的影片合成工具，它技術門檻低，只要用家搜集到足夠的原始短片素材，AI 就能從原始對象中提取面部信息，然後把一個人的面部表情移植到另一個人臉上。只要用家有耐性找來質量高的素材，換臉的細節也越逼真。

即是假如我有足夠的新聞短片，以不同的角度，拍攝到林鄭和梁振英的不同表情，我是否可以把他們移植到任何鹹片的男女主角上呢？我問阿強，阿強點頭，他說技術上可以，但沒有人會想看。

那麼如果我找到一條狗公狗乸的交配影片,把林鄭和梁振英配在兩隻狗的臉上,這是否可行?阿強不想理會我,反而阿祥加把嘴,鄙視地向我說:呢樣科技明明好好用,可唔可以唔好咁變態同核突?

兩日後,阿祥在 WhatsApp Group 內問我跟阿強,如果他以不同焦距,不同角度,自拍大量各種臉部表情的短片,是否可以容易做到高質素的 Deepfake 素材。答案是正確的,但他為甚麼要拍自己?我跟阿強都有同樣的問題。好,就一於睇下你條友有幾唔變態同幾唔核突。

一星期後,阿祥出來吃飯,他說他用 Deepfake 做了一條片,只係搞下笑同玩下,質素低唔好介意,然後他便向我們展示他的作品。我拿著他的手機一看,咦料,條女唔識㗎喎,而且仲有著衫,但不出所料,男主角係阿祥,但睇睇下唔對路,喂呢段片唔係婚禮影片嚟㗎咩?

阿祥說,Jenny 結婚了,新郎不是他。Jenny 是跟阿祥拍了拖八年的初戀女友,分手兩年後,他看到 Jenny 把早拍晚播的 Big Day 片段上載到 Facebook,他只是想把自己的臉

孔替換到新郎的頭上，看看效果會怎樣，他一邊解釋一邊微笑著，眼裏好像有些淚光。

　　全球使用 Deepfake 技術的影片，相信不少於 90% 是跟色情掛勾，但原來另外的 10%，可以比咸片更病態。科技可以滿足幻想，但一樣可以帶來失落，玩 Deepfake 通常係玩到想射，但原來有人會玩到想喊。

‹41°催淚彈的層次

催淚彈的味道有三種層次，頭一種層次，先是感到一陣濃烈的刺鼻感，雙眼不由自主地狂標眼水，然後呼吸困難，劇烈咳嗽，當然效果強烈與否視乎爆發的遠近，有時感覺只像切洋蔥，有時則像一堆指天椒向著你的鼻孔狂塞。第二種層次，是建立於心理多過生理，不分距離，只要一聞到，就感受得到，那就是恐懼的味道，一種對於政府的恐懼，對於強權的恐懼，這秒鐘你在捱催淚彈，你害怕下一秒鐘要捱子彈。

這個年頭，要是你還沒有聞過催淚彈的氣味，你最好都不應該自稱關心社會，試過跟成千上萬的港人在陣陣催淚彈下一同面對恐懼，或者是一種最切身的愛港體驗。

「反送中」六一二那天，親眼看著中信大廈附近有催淚彈爆發，我跟人群一同走避，有個三十幾歲的男人仆倒，膝頭流血，我未來得及反應，已見一位可能未夠二十歲的年輕人，把他扶起，再向他的腿淋水，當傷者站起來後，他邊答謝邊輕輕推開年輕人：「開始好大煙，你走先，我慢慢行就OK。」年輕人不肯，還是抵受著開始飄來的異味扶著他慢慢繼續行。

　　我跟人潮退到夏慤道，即使催淚彈味間中傳來，但還是有近百人自組人鏈運送物資到前線，我看見人鏈中一位女生被催淚彈攻到流著鼻水，不停咳嗽，當時她手上正運送著生理鹽水，旁人叫她自己先用鹽水，減少痛苦，但她不願將之浪費掉，只繼續抹著鼻水，把它運到前線。

　　連串催淚彈在遠處持續爆發，幾千人避走，海富中心裏面，見到有位年輕人不斷向往下走落地鐵站的人群大喊：「返嚟呀！唔好走呀，我哋香港人嚟架，未走得呀！」好老土，好煽情，但最震撼是真的有至少五、六人回頭望，然後掉轉頭走返上來。

　　我沒有哭，眼角的淚水相信只是因為催淚彈味太攻眼而已。

　　不會有人喜歡聞催淚彈，我們憎恨它的威力、它的目的。但當你捱得過，頂得住時，定過神來，你會發現它有使香港人團結的味道，有一種相當矛盾的美好。我想，這就是催淚彈味道的第三種層次。

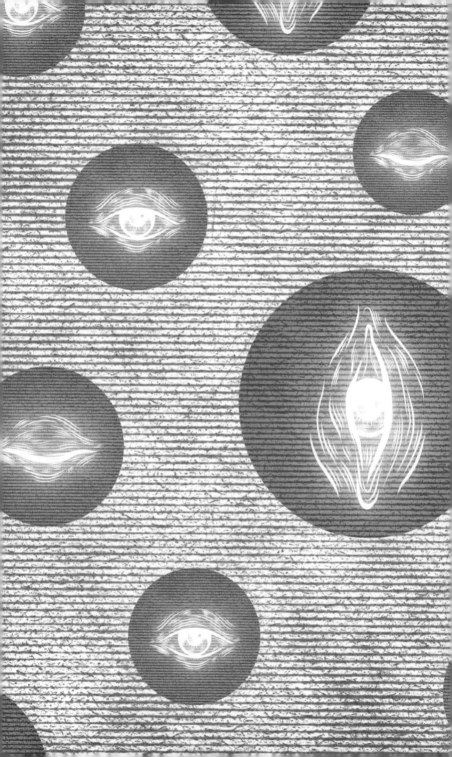

點子網上書店
www.ideapublication.com

點子出版
IDEA PUBLICATION

含忍‧死人‧
的士佬

壹獄壹世界

援交妹自白

殘忍的偷戀

殘忍的雙戀

成為外星少女
的導遊

成為作家其實唔難

港L完

信姐急救

西譿極落

公屋仔

十八歲留學日記

西營盤

毒舌的藝術

新聞女郎

黑色社會

香港人自作業

精神病人空白日記

婚姻介紹所

賺錢買維他奶

獨居的我，最近
發現家裡還有別人

五個小孩的校長
電影小說

點五步 電影小說

有得揀你揀唔揀

This is Lilian

This is Lilian too

This is Lilian, Free

空少備乜易

爆炸頭的世界

設計 Secret

●《天黑莫回頭》系列

獨家優惠　限量套裝
簡易步驟　24小時營業

當世四大天王：
黎郭劉張（上）

●《診所低能奇觀》系列

●《詭異日常事件》系列

圖書館借來的
魔法書

銀行小妹
甩轆日記

●《倫敦金》系列

HiHi 喇好地地
一個人點知……

我的你的紅的

●《Deep Web File》系列

向西聞記

無眠書

●《絕》系列

殺戮天國

遺憾修正萬事屋

西角度

WESTPOINT

作者	向西村上春樹
出版總監	余禮禧
責任編輯	陳婉婷
設計助理	劉嘉瑤
製作	點子出版
出版	點子出版
地址	荃灣海盛路 11 號 One MidTown 13 樓 20 室
查詢	info@idea-publication.com
印刷	海洋印務有限公司
地址	黃竹坑道 40 號貴寶工業大廈 7 樓 A 室
查詢	2819 5112
發行	泛華發行代理有限公司
地址	將軍澳工業邨駿昌街 7 號 2 樓
查詢	gccd@singtaonewscorp.com
出版日期	2019 年 7 月 17 日
國際書碼	978-988-79277-5-4
定價	$78

點子出版
IDEA PUBLICATION